中国散文60强

西津古渡

叶兆言 / 著

北京联合出版公司
Beijing United Publishing Co.,Ltd.

图书在版编目（CIP）数据

西津古渡 / 叶兆言著. -- 北京 : 北京联合出版公司，2024. 8. --（中国散文60强）. -- ISBN 978-7-5596-7785-3

Ⅰ. I267

中国国家版本馆CIP数据核字第2024M0Q274号

西津古渡

作　　者：叶兆言
出 品 人：赵红仕
出版监制：张晓冬
责任编辑：李　伟
特约编辑：和庚方　张　颖
封面设计：立丰天

北京联合出版公司出版
（北京市西城区德外大街83号楼9层　100088）
三河市同力彩印有限公司印刷　　新华书店经销
字数150千字　650毫米×920毫米　1/16　14印张
2024年8月第1版　2024年8月第1次印刷
ISBN 978-7-5596-7785-3
定价：65.00元

“中国散文 60 强”丛书

编委会

中华散文的文脉与发展

——“中国散文60强”总序

邱华栋

中国是诗的国度，亦是散文的国度。

穿越千年时空，从明清至唐宋，再由魏晋南北朝至两汉先秦一路回溯，汉语言文学中的散文实乃根深叶茂，硕果累累。无论是“唐宋八大家”之雄文美文，还是骈俪多姿的辞赋，以及名垂史册的《史记》《左传》，均为中国文学史上的璀璨明珠。“散文”与“诗”一道，成为中国文学的“嫡系”。尽管，后来从西方引进嫁接技术所催生的“小说”，大有“喧宾夺主”之势，终究还得“认祖归宗”，血脉和基因是无法改变的。

在中国散文流变历程中，曾出现过两次鼎盛期。一次是被文学史家所公认的“先秦散文”时期。其时，伴随着春秋时期的思想解放，诸子蜂起，百家争鸣，一大批散文家以饱满的气血、驳杂的学识和破茧的精神，创造出了散文的繁荣和辉煌局面，对后世产生了极大的影响。

到了“五四”时期，中国散文迎来了第二次鼎盛期。白话文如劲风激浪，吹刮和涤荡着神州大地。沉睡的雄狮醒来了，偃卧的小草开始歌唱。许多学贯中西的进步文人，肩扛文化变革的大纛，冲锋陷阵，掀起了一波又一波的新文学浪潮。《新青年》上刊载的散文，犹如一束束亮光，不但给人以希望，还给人以力量。“五四”以来的散文作品，无论是观念和主题，还是形式和风格，都跟以往的散文迥然不同。最具代表性的，当属鲁迅先生的散文（包括杂文），其刚健、凌厉的文质，疗救了中国散文长久以来颓靡不振、钙质疏流的顽疾。此外，周作人、郁达夫、朱自清、萧红、沈从文等一大批作家的散文创作亦各具特色，呈一时之盛，影响深远。

时代的前行催生了文学的发展，然而文学与时代有时并不同步甚至充满了“张力场”。“五四”的个性解放虽然催生了一批个性鲜明的散文精品，但这样的生态并未持续多久，中国散文的波峰出现了向低谷滑行的趋势。有论者指出，“散文在 50 年代既是对解放区散文文体意识的放大，又是对五四散文文体精神的进一步偏离。这种放大和偏离表现在个体性情的抒发让位于时代共性或者时代精神的谱写，政治标准优先于艺术标准，批判性为歌颂性所取代等诸方面。”（董健、丁帆、王彬彬《中国当代文学史新稿》）1960 年代初，散文创作一度出现了活跃，“专业”从事散文创作的作家群凸显出来，刘白羽、杨朔、秦牧相继登场，迅速成为散文界的三位名家。但他们的作品后人评价褒贬不一，认为其中颂歌式的写法较为单向，这种模式化的写作，不但对散文的建设毫无益处，反而扼杀了散文的个性和神采。

“文革”十年，中国散文更是一片凋零和荒芜，乏善可陈。1970 年代末，一些历经浩劫的作家开始复血，解除思想枷锁，重新拿起笔来写作，中国散文才又凤凰涅槃，焕发生机。加之各种文学刊物纷纷复刊和创刊，以及大量西方文化读物的译介出版，更为这些饥渴、桎梏太久的散文作者提供了登台亮相的舞台和瞭望世界的窗口。

1980 年代初期，伴随改革开放的热潮，思想解放大旗招展，文化随之繁荣，诸多承续“五四”精神的作家以笔为旗，抒发胸中压抑既久之块垒，出现了一批抒情性质浓郁的散文，使得现代散文这块“百花园”芳菲争艳，蔚为大观。特别是 1980 年代中期，随着作家主体意识的不断强化，中国文学开始呈现出一个崭新局面，作家从“集体意识”中抽身而出，重新返回“个体”，注重对生活的体察和内在情感的表达。这一时期，散文的艺术性得以强化，文本的精神内涵和表现空间得以拓展。

进入 1990 年代，社会发展日新月异，城镇化进程锐不可当，文化领域亦呈多元格局。各种文学思潮相互碰撞，人文精神的讨论更是打开了作家们的创作思路。“大散文”概念的提出，引发了散文界对散文的内涵和外延的重新讨论和界定。风靡一时的“文化散文”热，成为文坛上一道靓丽的风景。“新散文”“原散文”“后散文”“在场散文”等散文流派“你方唱罢我登场”，争奇斗艳，各领风骚。

及至二十世纪末，一批深具先锋意识和文体自觉的新锐作家，像一头公牛闯入瓷器店，使散文天地发生了激烈的碰撞和变化，形成一股新的散文潮流，提升了散文的审美品质和精神向度。

纵观 1978 年至 2023 年四十多年来，中华大地在“改开”的黄金时代中，社会生活奔涌激荡，各种思潮风起云涌，散文创作更是云蒸霞蔚、气象万千，涌现了众多成就斐然、风格各异的散文作家和具有思想深度、艺术上乘的散文作品。岁月的流水冲走了枯枝败叶和闲花野草，中流砥柱却巍然屹立。时间留住了新时代的散文经典，经典在时间的长河中绽放光芒。以沙里淘金的经典散文向“改开”的时代致敬，是我们不可推卸的责任和义务。

别看散文的门槛貌似很低，要真正写好，却实属不易。优质散文是有难度的写作，它不但需要作者的智识、胸襟、眼界、修养和气度格局；更需要写作者的态度、立场、慈悲、良知和批判勇气。遗憾的是，散文创作繁荣和光鲜的另一面，却是大量平庸甚至低劣之作的泛滥，不但败坏了读者的胃口，而且造成了物质和精神的极大浪费。散文作家层出不穷，散文作品汗牛充栋，可真正能让人记住的散文佳构却凤毛麟角。

散文要发展，文学要前行。发展和前行就要从平庸的樊篱中突围。在突围的过程中，散文作家不可太“聪明”，不可太世故，要永存对文学的敬畏之心。一言以蔽之，散文的尊严来自散文作家的尊严。也可以说，要想散文繁荣，首先需要有一批人格健全，品德高尚，铁肩担道义的散文作家。什么样的人写什么样的文章。特别是写散文，最容易看出一个作家的内在品质和境界涵养。一个人格不健全的人，哪怕他作文的技法再高妙，也很难写出撼人心魄、抚慰灵魂的散文来。作家精神品质的高低，直接决定其作品的精神向度。

为了散文写作的突围和发展，为了建设独具特质的当代散文，也是为了更好地从经典散文中汲取营养，我认为有必要正视和重申一些常识性的思考。高头讲章的理论是灰色的，常识之树却葳蕤常青。

一、作家的个体精神决定散文的优劣。常言道，散文易学而难攻。难在什么地方，不是难在技巧，而是难在作家个体精神的淬炼上。倘若作家的个体精神不够丰富，不够深刻，不够清澈，纵使他手里握着一支生花妙笔，也写不出令人称赞的散文。那么，如何才能做到个体精神的丰富性呢，这就要求作家时时刻刻不背离生活，要知人情冷暖，体察人间百态，关心民瘼，有忧患意识，不要做生存的旁观者。一个冷漠甚至冷酷的人，是不适合从事散文创作的。

二、真诚是确保散文品质的基石。散文创作跟作家的生存经验息息相关，可以说，真正优质的散文，无不牵连着作家的血肉和心性。作家的喜怒哀乐，悲欢离合，都或隐或显地暗含在他的作品中。假如在一篇散文作品中，读者既看不到作者的体温，又看不到作者的态度，那这篇作品或许就是失败的。说明这个作者在他的作品中“说谎”或“造假”，缺乏真诚之心。作家一旦失去真诚，为文必定矫揉造作，作品也必定会失去生命力。因此，真诚是散文的“生命线”，也是“底线”。

三、个性是促进散文生长的养料。人无个性便无趣，文无个性便平质。当下，每年都会诞生数以万计的散文篇章，但能够让人记住，且读后还想读的作品并不多，何故？概在于这些数量庞大的散文，无论题材，还是语感都千篇一律，像是从“模具”中生产出来的，缺乏辨识度。散文要发展，必须要求作家具有“个性意识”。“个性意识”不是标新立异，更不是哗众取宠，而是一种“创新意识”和“审美意识”。但凡在散文创作方面被公认的那些大家，都是“文体家”，他们以自觉的写作实践，开创了散文写作的新路径。不合流俗方能独步致远，推动散文的建设和繁荣。

当然，以上几点并非创作散文的圭臬，谁也没有资格去为散文“立法”。

散文是自由的创造，散文精神即自由精神。我之所以提出来，仅仅是希望引起散文同行们的重视和参考，共同为中国当代散文的发展尽力增光。

我们策划、编选“中国散文 60 强”（1978—2023）的初衷，旨在对新时期以来的中国散文创作作出梳理、评价和选择，试图精选出风格各异的代表性散文作家，以每位一部单行本的形式，呈现出中国新时期优质散文的大体样貌。此项目的发起人为资深出版人张明先生。多年来，他一直追求做高品位的纯文学书籍，也曾连续多年与中国散文学会、中国小说学会合作，出版年度《中国散文排行榜》和年度《中国小说排行榜》。2023 年他策划出版了《中国小说 100 强》，反响不俗。身处喧嚣、纷杂的环境，能以如此情怀和心力来为文学做如此浩大的工程，不能不令人钦佩！

感谢张明先生邀请我和叶梅、冯秋子、陆春祥、吴佳骏、张英、文欢组成编委会，共同遴选出 60 位作家。我们在召开筹备会的时候，即将作品的思想性、艺术性、代表性以及影响力作为编选的基本原则。在确定入选作家名单时，我们认真商讨，反复研究，生怕因为各自的眼力、审美和趣味之别，造成遗珠之憾。好在我们的工作得到了作家们的积极回应和鼎力支持，惠风和畅，大地丰饶。

60 位入选的作家，既有令人尊敬的文学大家，如孙犁、张中行、汪曾祺、史铁生、邵燕祥、流沙河、刘烨园、宗璞、贾平凹、韩少功、张炜、梁晓声、阿来、冯骥才等。这批散文大家的作品，文风质朴、清朗、刚健，充满了“智性”和“诗性”。无论他们是写怀人之作，还是针砭时弊，歌咏风物，都有着鲜明的文化立场和审美取向。他们或出入历史，借古观今；或提炼人生，洞明世事，输送给读者的都是难能可贵的“精神营养”。

也有被散文界公认的名家，如李敬泽、王充闾、马丽华、周涛、冯秋子、叶梅、筱敏、张锐锋、周晓枫、于坚、鲍尔吉·原野等。这些作家的散文作品，特色鲜明，风格独特，诚挚内敛，从内容到形式，都作出了各自的探索和尝试，为当代散文注入了活力。从他们的作品中，我们不但能够领略汉语之美，更可以借此反观生活与存在，寻找人之为人的价值和尊严。

还有散文界的中坚力量和青年才俊，如彭程、谢宗玉、江子、雷平阳、任林举、塞壬、沈念、傅菲、吴佳骏、周华诚等。从他们的作品中，我们见到的，不只是中国散文的文脉传承，更是自由精神的张扬。他们文心雅正，笔力锋锐，不跟风，不盲从，始终保持着独立的思索和判断，在各自所开辟的散文园地中精耕细作，以崭新的姿态参与和推动当代散文的变革。

其实，细心的读者不难发现，入选本丛书的老、中、青三代作家都有个共性，即他们均在以自己的作品审视心灵，心系苍生，弘扬真善美，鞭挞假恶丑，充满了正义感和人道主义精神。这自然与时下众多书写风花雪月，一己悲欢，充塞小情趣、小可爱的散文区别开来。正是因为有他们的存在，中国当代散文才呈现出一幅绚丽多姿的长卷。

需要说明的是，有些重要的散文家，如张承志、余秋雨、王小波、苇岸、刘亮程、李娟等人，由于版权或其他不可抗原因，未能将他们的作品收录进来，我们深以为憾。

我们还要感谢北京立丰天文化传播有限公司的资金支持，感谢北京联合出版公司的精心编校，他们慷慨和无私的义举，对于繁荣中国当代散文创作、对于赓续中华优秀散文文脉、对于中国新时期的文化积累，均具重大价值和意义，可谓善莫大焉。这套丛书的出版意义将同《中国小说 100 强》一样，旨在给读者以经典的指引，这既是一项重要的原创文学工程，同时也是助力推动全民阅读和研究传播文化的公益工程。

郁郁乎文哉，中国散文有幸！

是为序。

2024 年 5 月 12 日星期日

（作者为全国政协常委，中国作协副主席、书记处书记）

目　录
Contents

001 | 一百年前的南京
008 | 南京，历史和人文
016 | 关于秦淮河
021 | 天下文枢
030 | 辛亥革命时的南京
039 | 路曼曼其修远兮
047 | 中山陵前的仪式
055 | 展览馆里的风景
063 | 民间的相册
071 | 怀念中的汤山风情
078 | 江南，天堂和生态

082 | 江南文脉
087 | 西津古渡
092 | 为什么不去宝华山
095 | 常州印象
099 | 无锡印象
110 | 苏州印象
127 | 徐州印象
138 | 江苏的水文环境
151 | 关于大运河
167 | 范公堤烟雨
176 | 俺心目中的山东人
178 | 梁山印象
182 | 登泰山看雾凇吃驴肉
184 | 我们该喝什么茶
186 | 在凤冈喝茶
188 | 芥子园在什么地方
190 | 喜欢杭州的理由
194 | 金华二记
198 | 长征，众所周知的故事
203 | 南龙之脉，长江源头
209 | 乡关何处

一百年前的南京

一

一百年前的南京，鲁迅和周作人兄弟来描述最合适，他们的青少年时代，有很长一段是在南京度过。鲁迅在这接连上过两个学校，分别是江南水师学堂和矿务铁路学堂，他自己对这段学习生活不是很喜欢，但是并不妨碍他的成绩优秀，而且最后被保送日本留学。江南水师学堂辛亥革命以后，曾改名为“雷电学堂”，鲁迅觉得这很像是《封神榜》上的名字，后来写文章，专门有过一段议论。周作人在南京待的时间更长，一共有五年，所以他文章中，对于当时的描写就更多，更细致。

一百年前的南京，自然是破烂不堪。中国的城市和西方的相比，早在一百年前，已经无法比拟。落后从来就不是一天造成，俄国的圣彼得堡富丽堂皇，许多建筑都是一百多年前竣工，当时就那个模样，经过一百年风风雨雨，岿然不动，风采依旧。在南京找不到什么百年老屋，我们把这些归结为战争，譬如内战，譬如外患。圣彼得堡也曾遭受德军的狂轰滥炸，从化学和物理的角度来谈，这座城市受到的伤害要远远超过南京，但是俄国人硬是挺住了，很多厚实的老房子保留完好。石结构的房子经过岁月的考验，其优越性便能充分体现出来，我们的建筑大都是木结构，虽然有看上去很花哨的防火墙，一场大火往往还是烧掉一大片。

一百年前的南京，相对于北方来说，要平静许多。戊戌变法半途而废，北方正在闹义和团，紧接着八国联军入侵，大清帝国风雨飘摇。南京此时不在矛盾的旋涡之中，有一种置身于外的平安无事。三十年河东，三十年河西，此时的北方社会，正好和前些年南方的战乱相仿佛。太平天国给六朝古都南京带来了一系列不太平，南京人在动乱中饱受惊吓。太平军来，攻城，定都，以后清军来，围剿，你攻我守，反反复复，打来打去。有一个问题我始终不太明白，太平军定都南京以后，很长的时间里，清军都驻扎在南京郊区，江南大营和江北大营像把钳子，一直对着太平天国的喉咙。这是一种很荒唐的对峙状态，遭罪的是老百姓，太平天国时期，南京的市民根本谈不上太平，小战天天有，大战三六九，曾国藩的湘军最后打下南京，猛杀了一批人，此后几十年里，民间仍然心寒。

一百年前的南京，太平天国已成往事，毕竟三十多年过去，市民们正从惊惶中醒过来。随着新世纪的钟声敲响，战乱的创伤成了往事，南京悄悄地发生着变化。一切都在恢复之中，此时的两江总督是一代名臣张之洞，张是洋务派的头面人物，清末的“新政”中起过重要作用。在帝国主义列强的压力下，上海虽然崛起，东南大城市的首席位置还暂时轮不到它。南京仍然是东南第一重镇，坐镇在此的两江总督，是一个十分显赫的要员，和别的封疆大吏相比，两江总督不仅是大军区的司令员，还相当于大清帝国的后勤部长，必须源源不断地为清政府提供财政支援。富庶的东南一直是中国政府经济支柱，俗谚有“苏常熟，天下足”之说，两江总督的首要任务，就是确保辖区的稳定繁荣。稳定是繁荣的基础，疲惫不堪的中国经济想得到复苏，最重要的还是先得稳定。

一百年前的张之洞已经老态龙钟，老并不意味着一定糊涂。张之洞是历任两江总督中，为南京做实事最多的一个官员，南京最早的铁路公路，最大的工厂，第一所大学，都和他分不开。

二

南京的生机，说出来有些尴尬，那就是先繁荣秦淮河。作为明白事理的地方长官，都知道要想让南京这座城市有活气，两大举措不可避免。一是迅速恢复科举，为国举士，给读书人一个出人头地的机会，有了这样的机会，读书人就不会闹事，因为读书产生的荷尔蒙，得有地方发泄才行。秀才造反，十年不成，这是看轻了读书人。事实上，造反能成气候者，还非得是知识分子。太平军在南京定都的第二年，就开科招试，固执的洪秀全在这一点上，倒不糊涂，历史的经验值得注意，清政府入关之后，除了军事上的胜利之外，有个重要的原因，是不失时机地恢复科举，用高官厚禄，收买了汉族的读书人。万般皆下品，唯有读书高，有骨气的终究是少数，读书人再清高，一到科举制度面前，什么脾气也没有。

恢复南京繁荣的另一举措，是"效管仲设女闾"，开放被禁止的妓院，有了红灯区，商业以及一切和妓院配套的行当，顿时蓬勃发展。洪秀全犯了个不大不小的错误，他显然是个禁欲主义者，不仅自己的军队设男营女营，不允许有自由的性生活，而且把活跃在秦淮河两岸的娼妓统统取缔。这么做的直接后果，是把妓女和嫖客都撵到上海的租界去了，于是立竿见影，租界立刻繁荣，秦淮河立刻萧条。不能说洪秀全的失败和禁娼有必然关系，太平天国灰飞烟灭之后，从被誉为一代完人的曾国藩开始，到后来的各任两江总督，无一例外，对秦淮河的娼妓，采取的都是纵容态度。

秦淮河的开禁确有速效之功。上海租界的妓女有很多又回来了，身揣万贯的富翁也闻风而来，白舫红帘日益繁盛，士女欢声，商贾麇集。据史料记载，秦淮河开禁直接影响了上海的经济，租界人口骤减，工商业随之萧条。但是，“娼盛”不可能带来什么真正的繁荣。六朝金粉，秦淮风月，那些已经远逝的繁华景象，一去不返。封建社会不可能起死回生，昔日的辉煌永远不会重来。一百年前的南京，破烂不堪，乌烟瘴气。这个古老的城市，和同样是古老的中国一样，早就病入膏肓，无灵丹妙药可治。

科举制度和秦淮粉黛，挽救不了古城南京，秦淮河藏污纳垢，桨声灯影醉生梦死。陈独秀在自己的自传中，曾写到世纪之交参加科举的一段经历。一八九七年八月，陈独秀从安徽来南京参加乡试，在考场上，他的注意力无论如何也集中不了，原因是过去的两个小时，他一直在望呆。一个考生的怪模样老让陈独秀走神，这个考生头上盘着一条大辫子，一身肥肉，或许是天气太热，八月的南京酷暑难熬，他竟然在考试的小号舍里赤条条地来回走，一边走，一边呓语：“好，好，今科必中！”陈独秀因此联想到所有考生的怪现状，想到这帮“动物”如果得了志，国家和人民将如何遭殃。

陈独秀把众考生参加科举，比喻为一场“动物展览会”，所谓乡试，无非隔几年，便把这些猴子狗熊搬出来出一回洋相。科举制度的优越性不复存在，“明经取士”，“为国求贤”，都成了蒙人的鬼话。封建社会终于走到尽头，末日气氛笼罩南京城头。一百年前的南京死气沉沉，一百年前的南京成了旧时代的挽歌。旧南京寿终正寝，过不了几年，科举制度将彻底废除，同盟会将成立，清王朝将被推翻，这是一个地道的新旧交替时代，随着新世纪的到来，南京不得不变，不得不脱胎换骨。

三

周作人谈起在南京读书的情景，说了一个笑话。当时所谓新式学堂里，一位教汉文的老夫子讲地理，说地球有两个，一个自动，一个被动，一个叫东半球，一个叫西半球。这样的笑话在一百年前多如牛毛，由此也可见当时的社会风气。鲁迅和周作人兄弟在南京读新式学堂，刚开始颇有些被人看不起，譬如鲁迅的本名是周樟寿，鲁迅的叔祖认为本族后辈进学堂当兵是不体面的，不宜拿出家谱上的名字，所以就帮鲁迅改名为“树人”，后来很多文章，把周树人当作鲁迅的本名，应该说不准确，同样的道理，周作人的本名是周遐寿。一百年前，新派和旧派尖锐对立，互相看不起。旧派看不起新派，这只是暂时的，新派看不起旧派，却是永久的，而且有一种大获全胜的得意。阅读周氏兄弟笔下一百年前的南京，这种印象尤其深刻。

自曾国藩以后，两江总督的位置，经常由汉人来担当。从表面看，当时的民族矛盾已经不怎么激烈，汉人奴化，满人汉化。男人脑袋后面拖着一条猪尾巴，这是满人给定的规矩，久而久之成了习惯。女人是一双小脚，所谓三寸金莲，这是老祖宗传下来的遗产，满人女子并不裹脚。男人辫子女人小脚，这是双方让步妥协的结果，在一百年前，还没有人敢向脑袋后面的辫子挑战，因为割辫子要掉脑袋，要割必须躲到国外去割，在国内，新派人物要想有所作为，只好大张旗鼓地反对裹小脚，于是有了天足会一类的组织。

民族矛盾并没有完全消失，民间的反满情绪偷偷地酝酿。当时南京的东郊驻扎着清政府的旗营，这些由八旗子弟组成的大兵，作威作福，常常欺负南京居民，一见到有人到兵营附近便吆喝，并且气势汹汹地投石子。这种做法有些荒唐，南京人因此很生气，胆大的偏偏骑了马去兜风示威，鲁迅和他的同学就不止一次这么干过。这么干的目的很简单，就是表示汉人并不害怕他们满人。谁都知道，到了一百年前，八旗子弟组成的八旗兵，吃喝嫖赌精通之外，早没有战斗力，十年以后，辛亥革命爆发，以民团和起义新军组成的江浙联军，不费什么事就拿下了南京。

随着帝国主义洋枪大炮一起来华的传教士，成了新派人物可利用的对象，有时候干脆成为有力后盾。教会势力成为一种不可忽视的存在，义和团运动很快不成气候，南京的传教士和教民，度过了一段惶惶不可终日的日子，气焰与过去相比，没有任何收敛，反而由于八国联军的武装干涉，变得比过去更加嚣张和有恃无恐。洋人的特权显而易见，做官的和当老百姓的都得让上三分，在南京街头，见到蓝眼睛黄头发的外国人，再也不是什么新鲜事情，不同教派的传教士到处活动，见缝插针，结果我们今天如果想重温当时的情景，传教士留下的照片和文字便成了最好的证据。

教民的数字显然是被夸大了。为了降服古老的中国人，西方传教士在传教的过程中，使用了糖衣药丸，办了各式各样的救济所难民营，医疗所，小学中学以至大学。西式洋房成了南京市内最重要的建筑物，这类洋房有的至今保存完好。人们在饥饿的时候，生病的时候，包括打算接受教育的时候，毫不犹豫地利用了传教士们的善心，他们其中的一些，也许会跟着祈祷，甚至人教，但是真正的信教的人，仍然是少数和极少数。大多数教民都是实用主义，只是在吮吸糖衣药丸上的那层糖皮，一旦甜味没有了，便把药丸吐了完事。

现代化的雏形已经开始在南京出现，洋务运动初见成效，金陵机器制造局成为南京最大的工厂，这里生产的枪炮，“以剿内寇尚属可用，以御外患实未敢信”。国产货让人不敢放心，一百年前就这样。比较有实效的是修路，修铁路和公路，这些都是从无到有的创举。多少年来，水上交通一直占据着主要位置，像鲁迅和周作人来南京读书，就不得不坐船，然后在下关码头上岸。陆路交通的良好前景已初露端倪，沪宁铁路成了一块大肥肉，英国人以极其苛刻的条件，与清政府签订了《沪宁铁路借款合同》。这是一条黄金通道，等到它修好，当年的客运量就达到三百多万人。在今天这样的客运量不当回事，在一百年前，可了不得。

四

一百年前的南京，像个已到了预产期的孕妇，挺着晃悠悠的肚子躺在那，等待着阵痛的到来。一百年前的南京，又像一个徘徊在十字路口的弃儿，无援地东张西望，不知道该往哪走才好，夜茫茫，野茫茫，路在何方。未来的一百年里，这座城市天翻地覆，注定要面临许多大事。孙中山将在这担任第一任的民国临时大总统，并由此掀开中国现代史的一页。旧南京将以此为一个重要了断。新的一页和新世纪的到来并不同步，和中国其他方面的发展一样，中国革命的进程，总有晚一步慢半拍的遗憾，然而，慢半拍也好，晚一步也好，历史终究阻挡不住。光阴似箭，一百年算什么，弹指一挥间，事实上，蓦然回首，我们还是为这座城市的巨大变化吓了一跳。

1999年9月17日　碧树园

南京，历史和人文

一

南京这城市得细细琢磨品味。不识庐山真面目，只缘身在此山中，本地人不知福，常惊呼没地方可玩。我有个朋友，总说有了钱，要去哪里旅游，又喜欢掰手指头，卖弄自己已去过哪些省份，到过哪些城市。行万里路是人生一大乐趣，不过乐趣有时候会简单成一种应卯，仿佛上班报到，考勤的小机器用卡刷一下，对别人对自己便算是个交代。

世界太大，大得不可能什么地方都去。口袋里钱毕竟有限，旅游越热，费用也越高。1986年汪曾祺先生来南京，我与父亲陪他去尚未修缮的中华门城堡，站在最高处，汪半天不说话，最后感叹地说："真是好地方，到南京就玩这么一个地方，已经足够了。"我们以为他表示客气，没想到他接下来大夸特夸，说这城堡丝毫不比山海关逊色，不只是不逊色，甚至更好。周围的游客无不受其影响，一个个都回过头来，重新打量。人们对身边的景物会熟视无睹，有时候非要高人提醒才行。我不想说中华门城堡比山海关更好，这种比较照例会引起争议。

不过，对于一个有历史知识的人来说，登高望远，有些感慨是免不了的。“愁看京口三军溃，痛说扬州十日围”，山海关是国家的大门，中华门城堡是城市的屏障，一旦失守，便难逃倾国倾城的厄运。清兵入关，敲响了汉人政权的丧钟，日军的坦克冲进中华门城堡，南京大屠杀的序幕也就拉开序幕。

我认识一位当年的老兵，南京保卫战时，他的炮兵阵地就在这附近，曾几次去设在中华门城堡的指挥部，向孙元良汇报军情。激战前夕，一切显得肃穆庄重，秋风萧瑟残阳如血，中华门城堡巍然屹立。那时的孙元良很精神，年轻气盛，手里掌握着中央军的一支嫡系部队，是防守南京城最精锐的一个师。如今，年轻一代很少知道孙元良，介绍他，最好的办法是告诉别人他是台湾影星秦汉的父亲，就是那个总是和林青霞一起演爱情片的秦汉。流行是忘却历史的最好药方，或许再过些时候，秦汉是谁，大家也不知道了。据说孙元良兵败后躲到秦淮河边的妓院中，在爱国娼妓保护下才安然脱险，我无心为这种事做出考证，脑子里挥之不去的，是大战爆发前的那道风景。有时候，撇开结果不谈，只截取故事开始的某个片断，反而可以引发更多的想象。在我看来，一场恶战前的短暂平静，或许比血淋淋的激战场面更扣人心弦。

中华门城堡世界上能排名第几，不得而知，在中国位居老大，应该没什么问题。它的总面积达一万五千多平方米，整个瓮城筑有藏兵洞二十七个，最大的一个可以藏兵千人。南京保卫战中，中华门城堡是战事最激烈的地方，敌我双方你来我去狂轰滥炸，尸堆成山血流成河。日军进入南京以后的残暴，与进攻南京时遇到的顽强抵抗分不开，他们做梦也没有想到，一座已经完全失去防御意义的围城，垂死挣扎的时候，竟然爆发出了那么旺盛的生命力。

二

如果说万里长城担负着保护国家的重任，号称天下第一的南京古城墙，其作用便是为了捍卫一座城市。某种意义上来说，一个城市也可以是一个国家的缩影。朱元璋自以为建造了世界上最大的一个城市，其中有山有水，有大片的良田，“东尽钟山之麓，西阻石头之固，南临长干而秦淮贯其中，北依狮子、覆舟之山而控后湖”，就可以保自家江山千秋万代的险，结果却应了堡垒最容易从内部攻破的那句俗话。明太祖死了没多久，他的四子朱棣便从北京跑来篡位，将大明的江山据为己有。

南京这座城市差不多逢战必败，虎踞龙蟠帮不上忙，正如长城挡不住北方少数民族的铁骑。诗人陆游曾力主南宋迁都南京，结果宋高宗以“修德性而不在择险要之地”为托辞，硬是赖在暖风熏得游人醉的杭州不肯走。自古王业不偏安，宋高宗的想法一直被指责为投降路线，可是南宋在杭州建都的时间，比十朝之都的南京任何一个朝代都长，长得多。熟悉历史的人常会发出这样的疑问，“三百年来同晓梦”，“一片降幡出石头”，尽管有那么好的地形，都说金陵有王气，为什么南京一而再被攻陷，接二连三出亡国皇帝。

南京出了太多的后主，吴后主孙皓抬着棺材去西晋军门前报到，陈后主搂着爱妃跳井，李后主“挥泪对宫娥”。人有时候难免迷信，抗战胜利，一些国民党元老力主迁都北京，理由是南京位居东南，民风太萎靡，在此地发号施令，不足以威震天下。南京这座城市有着太多的亡国阴影，宋濂在《阅江楼记》为明太祖歌功颂德，开篇说：

金陵为帝王之州，自六朝迄于南唐，类皆偏据一方，无以应山川之王气。逮我皇帝定鼎于兹，始足以当之。

宋濂的意思，是说自从有了朱元璋，南京的亡国气息已不复存在。但是充满智慧的明太祖，远不是那种拍拍马屁就头晕的皇帝，在晚年的《祀灶文》中，他哀叹自己曾想迁都，可惜人已经老了，力不从心，只好放弃作罢。他意识到南京作为一国之都的种种不合适，虽然在建造这座城市上大动干戈，可是朱元璋知道远离动辄刀光剑影的中原，将潜伏着很大的危机。是明成祖完成了他父亲的心愿，通常的说法，朱棣是封在北京的燕王，他从北京过来，随手就把大明的江山带到北京去了。事实却是，明成祖在南京做了十八年的皇帝，这时候，二万二千多卷的第一部大百科全书《永乐大典》已编出来，而三宝太监郑和也七下西洋，朱棣的地位已经十分巩固。迁都显然不是出于个人的小算盘，在治国方面，朱棣要比其父更出色，为此他被誉为永乐大帝，另一位可以齐名的则是清朝的康熙大帝。

明成祖迁都是明朝维持近三百年江山很重要的一步棋，以管理一个大一统的国家而言，南京确实不如北京，这就好比美国的首都只适合华盛顿，不适合作为金融中心的纽约，不适合有好莱坞的洛杉矶。过去只强调定都北京，有利于防止北方少数民族入侵，其实，远离东南萎靡的民风，同样是一个朝廷稳定的法宝。康有为戊戌变法中，力主迁都上海，理由是北京实在太保守和腐朽，“旗人环拥，旧党弥塞，下至市侩吏胥，中则琐例繁扎，种种皆亡国之具”，“非迁都避之无易种新邑，不能维新也”，因此光绪皇帝只要带些人，逃到上海去，很多问题就可以迎刃解决。这是一个非常天真的想法，却从另一个侧面，说明“修德性而不在择险要之地”。北京并没有什么天险可守，与南京一样，这座古老的城市一旦被围，它的悲剧命运便不可逆转。作为国都，一道坚固的城墙保不了任何险，堡垒通常都从内部攻破。

“地势不须说天堑，共和战胜在民情”，改朝换代是一种历史必然，亡国有外因，更重要的还是内因。

三

说到南京免不了怀古，唐诗宋词元曲中，可以找到一大堆关于这个城市的感叹。历史上的南京和亡国分不开。亡国时总想到繁华，繁华时便忘了亡国。“商女不知亡国恨，隔江犹唱后庭花”，这是活生生的写照。辛亥革命前夕，一位年轻的南国诗人周实，在读了《桃花扇》之后，情绪激烈地写了一首诗：

> 千年勾栏仅见之，楼头慷慨却奁时。
> 中原万里无生气，侠骨刚肠剩女儿。

写完这首诗不久，周实因为策划起义被杀，年仅二十七岁。南京的繁华似乎总和秦淮河的醉生梦死连在一起，“侠骨刚肠剩女儿”可以看作是个让步句，否则，国家真惨到这份上，亡了也罢。事实上，南京的历史上，不仅出亡国皇帝，出秦淮八艳，也出舍生忘死取义成仁的豪杰。“纵死侠骨香，不惭世上英”，仁人义士的存在，为软绵绵的南京增添了几分刚烈和亮丽。

出中华门城堡不远，是著名的雨花台，一千四百多年前，相传云光法师在此讲经说法，感动佛祖，顷刻间落花为雨，雨花台因此得名。

提到雨花台，就不能不想到方孝孺。想当年，燕王朱棣靖难起兵，朝廷讨伐的诏书檄文，均出自当时最负文名的方孝孺之手，燕王攻入南京后，不记前仇，命方起草诏书，说：“诏天下，非先生草不可。”

方披麻戴孝，掷笔于地，且哭且骂，说：“死即死耳，诏不可草。”

朱棣恼羞成怒，说“此吾家事，与你何干”，又威胁如果不从，要灭方的九族，方大义凛然，说即使灭十族亦无妨。朱棣于是将方氏家人绑来，当着方孝孺的面，一个接一个砍头，灭九族之后，为了凑满“十”，竟骇人听闻地“夷师友一族”，共杀了八百七十余人。

方孝孺之死，虽然出于不二臣的忠君思想，虽然牵累太多无辜性命，这种以生命维护信念的精神必须肯定。应该指责的是明成祖朱棣的残暴，是非不容混淆，黑白不能颠倒。这就好比日军攻入南京以后，已经放弃抵抗的中国军队被屠杀，不去谴责日军的暴行，反过来怪罪中国军队不拼命。根据结果去假设过程往往会失之偏颇。方孝孺为文化人争了一口气，他的遗骸被埋在了雨花台，人们在那建了一座祠堂纪念他。青山有幸埋忠骨，其实早在方孝孺之前，雨花台还埋葬过北宋的溧阳县知府杨邦义，金兵攻下南京，建康留守杜充投降，杨宁死不屈，大骂金帅完颜宗弼，于雨花台下被剖心而死。

风花雪月只是南京的一个侧面，桨声灯影也仅仅是个表象，人们不该忘记的是它的血腥。东南萎靡的民风，是胜利者的残暴造成。这个城市的醉生梦死，既是亡国的原因，也是亡国的结果。“一国亡来一国亡，六朝兴废太匆忙”，郑板桥咏南京，很伤感地写了这么两句。每一次城池失守都意味着一场大灾难，隋军攻入南京城，隋文帝采取的最极端措施，是将这个美丽的城市夷为平地。南京的平民百姓对屠城这样的字眼，一定不会陌生，记忆犹新，过去一百多年里，太平天国来，太平天国灭亡，日军侵入南京后的大屠杀，无论改朝换代，还是异族入侵，都让南京人心惊肉跳噩梦缠身。

越是用血写成的历史，越容易让人记忆深刻。圣彼得堡和莫斯科郊外的名人公墓，是俄罗斯人的骄傲。名人公墓有时候是最有说服力的说明书，导游会喋喋不休地告诉你，普希金埋在那，陀思妥耶夫斯基埋在那，还有柴可夫斯基也埋在那。把玩南京某种意义上来说，也和名人的墓分不开，在东郊，有明孝陵，有中山陵，有邓演达墓，廖仲恺墓，谭延闿墓；在南郊，除了以上提到的方孝孺和杨邦义，还有郑和墓，刘智墓，浡泥国王墓。

南京的名人墓密切联系着城市兴亡这个主题，带给人们的不只是骄傲，还有感伤和思索。

四

南京是一本最好的历史教科书，阅读这个城市，就是在回忆中国的历史。南京的每一处古迹，均带有浓厚的人文色彩，凭吊任何一个遗址，都意味与沉重的历史对话。以风景论，南京有山有水，足以和国内任何一个城市媲美，然而这座城市的长处，还在于它的历史，在于它独特的人文。

没有一个城市能像南京那样清晰地展现近现代史的轮廓和框架。位于东郊的国民革命军阵亡将士公墓，和南郊的雨花台革命烈士陵园，显然代表着国共两个对立的阵营。两处公墓的规模之大，建筑之宏伟，在国内也是绝无仅有。“度尽劫波兄弟在，相逢一笑泯恩仇”，不管怎么说，南京这个城市是宽容的，它珍惜历史留下的每一个细节，保护历史留下的每一处遗产。走在南京的大街上，仿佛走在历史浓密的树荫下，到处都是故事，到处都是遗迹。历史留给南京的遗产实在太丰厚。温故而知新，怀旧是人本能的一部分，无论生活是否称心，环境是否如意，人们总是免不了谈论过去，免不了回首遥望历史，不妨用我曾写过的一段话来做文章结尾：

> 中国古老的都市，也并不就只有南京这一座，但是真正像南京城那样历经沧桑，发生过那样强烈的变化，那样值得后人怀旧的城市却不多。想明白也好，想不明白也好，南京人没办法回避怀旧的情结。对于一个文化人来说，南京这个城市，是一扇我们回首历史的窗户。

关于秦淮河

一

关于秦淮河，民国时有人写过一本专著，叫《秦淮志》。很多事都在书上写着，真要想了解秦淮河，不妨找来看一下。对于大多数人，秦淮河知道个大概就行，有时候，知道得太多，反而更糊涂。

秦淮河很长，有里秦淮外秦淮之分。往模糊里说，秦淮河是母亲河，南京的生生死死，都离开不了，它的演变代表着这个城市的发展。“烟笼寒水月笼沙，夜泊秦淮近酒家”，杜牧诗中“秦淮”，究竟内秦淮还是外秦淮，自古就有争论。一般人印象中，秦淮河可以简单地看作夫子庙最热闹的那一段，桨声灯影，它最光彩最不光彩的一页，便是“户户是花，家家是玉”。一个外地人来到南京，找一地方歇下脚，到处闲逛，只要是条河，哪怕是个小臭水沟，也会情不自禁，联想这会不会是当年李香君出没的地方，迎面过来一个美眉，会猜这难道不是金陵十二钗的后人。

历史上的南京是水陆大码头，河道交错水巷纵横，划着小船，南来北往东逛西走，可以去任何地方。长江下游的城市都有这特点，江南江北都一样，都是在河道上做文章。可是唯有南京，成了整个东南的重镇，想想上海今天在全国这盘棋上的重要，就不难明白南京当年在华夏版图上的威风。想当年，也就是开埠之前，上海能算什么，不就是个小渔村吗。有人开玩笑说，自从美帝国主义厉害了，大英帝国也就日薄西山，可怜南京就是衰败的大英帝国，如今只能眼睁睁看着大上海的崛起，看着人家成为东方明珠国际化大都市。

今日大上海的繁华，与秦淮河的历史渊源，已很少有人去想到。都说旧上海是十里洋场，它的繁荣与洋人的租界分不开。很多人也许不知道，租界里的第一桶金，却是从南京秦淮河淌过去的。想当年，太平军一路从广西杀过来，江南的富户纷纷逃往上海租界，而此前这些有钱的阔佬，最喜欢流连的风流场所，就是销金铄银的秦淮河。长毛来了，客户们跑了，洪秀全坐地为天王，又提出了全面禁娼，这一禁，娼妓们干脆也跑了，也跑到上海去了。事实的真相就是，嫖客和娼妓携手把上海滩的经济搞活了。

曾国藩率领湘军打败太平天国，为重新繁荣深受战乱之害的南京，被后人誉为道德上的完人的曾文正公，采取的最简便办法，是对秦淮河再次开禁，重新恢复六家妓院。为什么只允许恢复六家妓院，历史学家说不清道不白。所谓六家，是官家允许的挂牌执照，开门营业后，每家妓院有多少妓女，并没有硬性规定。史料记载只说明这一招十分管用，经济迅速复苏，恰如一剂强心针，几乎立竿见影。南京顿时“娼盛繁荣”，而上海租界也就人口骤减，工商业随之萧条，“阛阓遽为减色，掷缠头非复如前之慷慨矣”。

二

历史上的南京，一直是江南的中心。江南曾经是个很大的概念，它的范围越来越小，现在的通常理解都是狭义。上有天堂下有苏杭，江南已成了江浙沪富庶之地的代名词，只局限在长江下游南岸这一段。其实江南可以分为东西两大块，北宋王朝的中国版图，很像一个大城市的地图说明书，它把省这级的区域称之为路，譬如长江的中下游便分成了江南西路和江南东路。历史上的大江西与今天的江西省，并不完全是一回事，但是有很重要的继承关系。与江西相对的是江东，这个江东，就是我们今天要说的江南。

南京又被称之为吴头楚尾，或许长江天堑的缘故，江南的最初碰撞，应该是东和西之间的较量，而南京的秦淮河，恰巧就是这么一个衔接点。追溯到吴王夫差和越王勾践时代，卧薪尝胆的越国胜利了，接管吴国地盘，为了与更强大的楚国对抗，把秦淮河畔的冶城扩建成越城。冶城与越城是南京城的雏形，很快，强大的楚国灭了越，越城改名为金陵邑。关于金陵二字有很多说法，最流行的是楚王觉得此地有“王者”之气，必须要改造它，于是在周围埋了一些金，以图镇住王气。到了秦始皇南巡，风水先生认定金陵的王气仍然存在，为保子孙永世为帝，秦始皇下令凿断了此地的龙脉，并改金陵为秣陵。这一改，再次体现汉字的趣味，金木水火土，金乃五行之首，太贵，秣是牲口的饲料，差不多就是最贱了。

成也王气，败也王气。金陵帝王州，秦淮佳丽地，南京的繁华不是胜利带来的，恰恰相反，它的欣欣向荣是因为失败。失败的江南有着太多不堪记忆，只要想想南下和北伐这两个不同的词组，就知道南人和北人内心深处的强弱。南方要想打回北方去，风萧萧兮易水寒，不知道要费多大的力气，要闻鸡起舞，要卧薪尝胆，要悬梁刺股，而北方要想打过来，却如严冬的寒流一样，想杀过来，立刻势不可挡，转眼就是百万雄师过大江。

当年的项羽何等英雄，率了八千子弟渡江，所向披靡，到最后四面楚歌，仓皇别姬。历史证明，谁能在中原称雄，谁就可以控制中华。逐鹿中原的潜台词，是角逐对大一统中国的最终控制权。说到底，一个国家只能有一个中心，如果说真存在着什么黄河文化和长江文化，那么处在中心位置的，从来就是黄河流域。谁占有了中原，谁就可以君临天下，雄视江南。黄河既是我们的母亲，也是我们的爹。“胜败兵家事不期，包羞忍耻是男儿。江东子弟多才俊，卷土重来未可知。”事实上，在南方和北方的对峙中，南方根本就不是对手，一直处在失败的境地，企图卷土重来，多数是书生之见，不过是纸上谈兵，说着玩玩而已。

三

江南的偏安先天注定，生来缺钙，一点不像顶天立地的堂堂男子汉。长期以来，作为江南文化中心的秦淮河，它的常态似乎只能醉生梦死。以生存之道而言，偏安就是最大的安全，稳定才能够压倒一切。“商女不知亡国恨，隔江犹唱后庭花。”江南女人不仅红颜薄命，要繁荣文化振兴经济，而且是祸国殃民的祸水，要背堕落亡国的黑锅和恶名。

“北极朝廷终不改”，当汉族在中原地区称王的时候，秦淮河为代表的江南，只能是华夏文明的一个副中心，负责收税纳贡搞活经济，往北方源源不断输送黄金白银。除了经济的繁荣之外，北方不太能够容忍江南的过分强大。换句话说，江南可以拥有经济地位，但是不能拥有政治地位。当汉族在中原地区受挫，黄河流域遭到了异族入侵，随着北方士族的纷纷南逃，华夏文化的中心才会被动地移到江南。这时候，以秦淮河为代表的江南，就有可能一跃为汉文化的中心，成为了维护中华文明的最后堡垒。南京历史上最能引以为自豪的黄金时代，是六朝时期，为什么，因为恰恰是在这个时期，中原汉文化的基地转移到南京来了。

说到底，秦淮河边发生的故事，是了解中国大历史的最好教材。江南并不是天生软弱，秦淮河也不是自古堕落，它的各种毛病，从某种意义上来说，都还是失败的北方带来的。西晋东迁，北宋南渡，这不是江南的过错，账都不应该算在江南人头上。东迁和南渡带来了很多问题，“桃花扇底送南朝”，秦淮河上的灯红酒绿，从来就不仅仅属于江南。秦淮河只不过是宽宏大量地接受了中原王朝的失败，无可奈何地囤积了耻辱。多少年来，失败和耻辱的阴影始终笼罩着秦淮河，这里是出后主的地方，是亡国之都的代名词。秦淮河水源源不断，奔流不息，透露着江南文化中的一缕缕重要气息，说不完的柔情和感伤，道不尽的颓败和绝望。一九四五年抗战胜利，一批国民党元老力主国民政府迁都北京，理由就是这里的亡国气息太重，太腐败太堕落，虽然是被先总理孙中山看中了，可是它实在不适合作为一国之都的所在地。

历史选择向来有它的合理性，事实上，在江南的大版块上，秦淮河的老大地位越来越不重要，早就是明日黄花。如今江南盟主是不可一世的大上海，在很多年轻的上海人眼里，以拥有秦淮河为荣的老南京，还能不能属于江南，都已经有些可疑了。

2007 年 2 月 8 日　河西

天下文枢

上篇

1

说到南京，不能不说秦淮河。说到秦淮河，不能不说夫子庙。

世界古城罗马不是一天建成的，夫子庙也不是一天建成。夫子庙慢慢地演变，终于成了今天这个模样。夫子庙慢慢地发展，像秦淮河一样缓缓流淌。夫子庙一直在变，今后还得变。

夫子庙的中心是一座文庙。

文庙并没什么了不起，在古代中国，只要是个城市，只要是个读书人的地方，要拜孔子他老人家，就得有文庙。南京的文庙搬过好几次家，一会在城南，一会又到了城北。老文庙并不挨着这飘荡六朝金粉气的秦淮河，它应该是在今天的南京市政府大院里，你现在要是愿意去，还能多多少少看到一些遗迹。

对于今天的南京人来，那是太古老的历史，那是太烦琐的考证，懒得去弄清楚。

总之一句话，文庙搬到了秦淮河边，在老百姓的心目中立刻变了味道。不再叫“文庙”，也不叫“孔庙”，大大咧咧地就叫夫子庙。

很严肃的称呼，到老百姓嘴里，立刻就世俗化了。

2

夫子庙门前有个大牌坊，那上面四个字是用来吓人的：

天下文枢

既然是天下文枢，在显眼的地方，“德配天地”和“道冠古今”的牌坊横额便不能少。这题词，由号称封建社会完人的曾国藩来书写，最合适最般配。

别处，也有文庙，也会题“天下文枢”四个字，可是只有南京的夫子庙，才担当得起这样的大话。只有南京的夫子庙，才开得起这样的玩笑。

南京的夫子庙不仅仅以庙闻名。这里的繁华热闹，种种一切，都和科举分不开。换句话说，尊孔子为圣人是假，捞科举功名的稻草才是真。夫子庙的建筑布局，说白了就是借尊孔之名，行科举之实。这里一切的一切，都是跟着科举的感觉在走。在科举的指挥棒下，所有的建筑理念，都离不开学以致用的主旋律。

夫子庙的主建筑可以分为三组。

第一组是庙，祭孔子的庙，以及与庙相关的建筑设计。最抢眼的是大成殿，六楹五间，供奉大成至圣先师孔子之位，以及配享的颜回、曾参、孟子、孔伋四位亚圣。大成殿两侧是耳房，供奉着孔门七十二贤人。古时候的读书人，到这里都得三跪九叩，一个接着一个地行大礼。

穿过大成殿，有一个小门，通往后面的学宫。学宫已是三大建筑群中的第二组了，号称“东南第一学”，原先是儒学的所在地。大约当年的读书人，祭完了孔老二以后，就到这后面来喘口气，歇歇脚，喝一杯茶。此地洋溢了浓厚的书卷气，到处都是酸酸的。明德堂，尊经阁，青云楼，崇圣祠，可以授课，也可以听课，只要是个亭台楼阁，都有四书五经的味道。书斋的命名也一概文绉绉的，分别叫什么“志道”“据德”“依仁”“游艺”。

不过千万不要误会，南京的夫子庙大名鼎鼎，是因为这里的孔庙有名，是因为这里的学宫天下第一。事实上，夫子庙的“庙”，在大家心目中从来都不重要。夫子庙是科举制度的产物，是科举的样板，它的“庙”只是个幌子，它的学宫只是个摆设，无论是孔庙还是学宫，都只是收藏宝物的漂亮盒子，而作为科举考场的江南贡院，才是藏在宝盒里的灿烂明珠。

3

所以你来到夫子庙，可以不去拜谒孔庙，可以不去学宫品茶，但是对于江南贡院旧地，一定要去看上一眼。

江南贡院在夫子庙三大建筑群中，虽然排在最后一组，却是最值得光顾的地方。

江南贡院和北京的顺天贡院齐名，分别以“南闱”和“北闱”著称。“闱”字，和“贡院”一样，都是考场的别称。在中国古代社会，万般皆下品，唯有读书高。读书再高，科举不能出头，毕竟还是白搭。

十年寒窗苦，一举成名天下扬，读书人盼得就是能够冲过考场这一关。

江南贡院是决定考生的生死战场，是通往仕途的必经之路，是一条性命攸关的羊肠小道，是一条路走到黑的独木桥。

这里的一切都和科举考试紧密联系，一道道门槛，一道道关，道道门槛都是“鬼门关”。

好在吃了苦中苦，便会苦尽甘来，便会“天开文运”。在“明经取士”和“为国求贤”的招牌下面，闯过了鬼门关，便是“搏鹏”，便是“振鹭”，便是“起凤”，便是“和鸾”，便是金榜高悬，便是一跃“龙门”。

4

鲤鱼跳过了龙门，再往前走，是“明远楼”。

明远楼是江南贡院的最高处。“明远”一词，有些文化的来头，是从“慎终追远，明德归厚”中挑了两个字。楼建于明朝永乐年间，到了清道光年间又重新修建。当年的明远楼建在整个贡院的中心位置，方方正正，高高在上。高瞻则远瞩，负责监考的官员站在这里看风景，看正在做八股文的考生是否作弊，看正在执勤的衙役是否称职，看东边月亮缓缓升起，看西边落日慢慢坠下。

科举是一件天大的事情，“白天摇旗示警，夜间举灯求援”。在这里，真要出点什么事，那就是掉脑袋的罪名。那阵势，那场面，和金戈铁马的沙场相比，丝毫也不逊色。这里决定着读书人的生死，决定着读书人的未来。参加考试的学子必须毕其功于一役，必须决胜败于号舍。

考场的号舍密密麻麻，一排就是一百间，一排一排又一排，一共是 20644 间。

就这么点点大的一个地方，就这么小小的一个空间。数以万计的考生学子，吃喝拉撒睡，都在这里面了。考期九天八夜，一场接着一场。初出茅庐的小秀才，白发苍苍的老贡生，上天堂入地狱，成功成仁，在此一搏。

下篇

1

夫子庙的繁荣来源于科举，淫靡风气也来源于科举。

成也科举，败也科举。

在陈独秀的自传中，有一段十分生动的文字，记载了科举没落时的考试情景。时间是1897年，这一年，南京的秋老虎十分厉害，十八岁的陈独秀第一次参加乡试，号舍正好紧挨着厕所，臭气熏天，结果头脑发胀，根本静不下心来。他偶尔一抬头，看见一名徐州籍的考生，一条大辫子盘在头上，胖得像一篓子油，全身一丝不挂，脚踏一双破鞋，手捧试卷，高声朗诵，念到得意处，便大叫：

“好，好，今科必中，今科必中。”

从江南贡院中，走出过许多优秀人才。

江南贡院昂然走出去的状元，是一个惊人的数字。

毫无疑问，科举不失为一个很好而且卓有成效的用人选材制度，但是，随着封建社会的走向没落，科举也就不得不走到了尽头。

2

夫子庙是文化搭台，经济唱戏。夫子庙的文化是科举，经济便是吃喝玩乐。

夫子庙的主要建筑都是官样文章，是政府拿银子打造的，花的是国库的钱。文化搭台的建筑是官方的，经济唱戏的建筑是民间的。没有官方支持，民间便没戏可唱，没有民间合作，官方的台搭了也是白搭。夫子庙建筑群的最大特色，就是民间建筑和官方建筑有机结合，你中有我，我中有你，缺谁也不行。

夫子庙的故事就是《儒林外史》的故事，就是《桃花扇》的故事。很显然，没有科举制度，夫子庙的很多故事都无从说起。没有了科举，就没有那份热闹。没有了科举，就没有那份悲欢离合。科举决定了夫子庙的文化氛围，提高了夫子庙商业区域的文化含金量，对夫子庙的繁华起着推波助澜的作用。

不妨先从开始科举的那几天说起。随着三年一次的秋闱临近，桅杆上高悬“奉旨江南乡试”的帆船，一艘接着一艘开过来了。夫子庙的狂欢节拉开了序幕，考生来了，考官也来了，一大群蹭科举饭吃的人都跟着来了。夫子庙一带的旅馆生意立刻兴旺起来，有钱的少爷，没钱的穷秀才，都得找地方住下，都得有地方吃饭。有钱的住有钱的地方，没钱的住没钱的地方，各种档次的旅馆应运而生，老板们一个个笑歪了嘴，恨不得一年三次乡试，恨不得天天都是科举。

做生意的个个喜笑颜开，卖文房四宝的，卖古书的，卖字画的，卖杂货的，看相算命的，经营典当行的，经营成衣铺的，包括人口贩子和媒婆，都迫不及待地打起考生的主意。科举养活了一大批人，一大堆的配套服务产业，雨后春笋似的冒出来。

石板小街，店招迎风，科举使得夫子庙的商业气氛，像春天里的阳光一样暖洋洋的。

夫子庙，因为读书人的到来，终于成了商家的天下。

3

青砖黛瓦马头墙，回廊挂落花格窗，夫子庙附近的民居，在科举的指挥棒下，千姿百态地变化。

乡试三年一次，许多考生早在一年前，已经在夫子庙周围住下来。还有更长期的，干脆就是这次秋闱落第，索性秦淮河边上找个落脚的好地方，好好预习功课，准备三年后再考。三年考不上，再住三年，再考，再落第。

秦淮河边的读书人越多，商家的生意越好做。赖着不走的落第秀才越多，商家越高兴。一家挨一家的店铺老板非常高兴，妓家林立，比屋而居的妓院老鸨也非常高兴。

读书人住在秦淮河边，天长日久，便生出了一些风花雪月的故事。有才子，自然就有佳人。才子和佳人碰到一起，没有故事，也会生出一些故事。桃花扇底看前朝，夫子庙周围是李香君的故居，是柳如是和马湘兰的活动场所。夫子庙一带的妓院，是落第秀才们最好的去处，红粉佳人慰藉着他们失落的心，让他们意志消沉，让他们醉生梦死，让他们深陷在秦淮河边的灯红酒绿中不能自拔。

天下文枢的夫子庙被誉为“欲界之仙都，升平之乐国”。有了这样的荣誉头衔，夫子庙斯文扫地，文化品味大打折扣。科举完蛋了，科举这个大舞台已不复存在，夫子庙的繁华依旧。江南贡院没落了，与贡院一河之隔的“旧院”，依然欣欣向荣，风光无限。

遥想当年，门卷珠帘，河泊画舫，秦淮河边到处都是玉软香温的旖旎风光。站在文德桥上，人约黄昏后，但见两岸河房灯火通明，粉白黛绿者出入其间，征歌选色，通宵达旦。远远的一条画舫驶了过来，雕栏画槛，绮窗丝障，美不胜收。风吹过，一阵阵的酒肉香，一阵阵的莺歌燕舞。

说到纸醉金迷的夫子庙，说到秦淮河，自然就有“商女不知亡国恨”的联想，自然就有“隔江犹唱后庭花”的惆怅。

4

但是，说到夫子庙的建筑，周围的民居绝对不能忽视。夫子庙的民居，是整体建筑中一个重要组成部分，是江南文化中一份宝贵的遗产。夫子庙的民间建筑，除了大大小小的店铺，最具秦淮特色的便是河房和画舫。

河房和画舫是夫子庙最有活力的象征，是追随着秦淮河缓缓流淌的一道风景线。

河房和画舫因为科举而产生，因为科举发展和壮大，却没有与科举一起灭亡。

正是因为有了河房，有了画舫，科举被废除了，夫子庙依然生气勃勃，经久不衰。

5

古往今来，夫子庙屡遭破坏，屡毁屡建。

夫子庙的不断重建，反映了南京人的一种不屈不挠。

毕竟这地方是南京历史的最好见证。

毕竟品味夫子庙，意味着你在品味南京的过去，意味着你已把握住了历史的脉搏，意味着你正在重温昔日的繁华。

2003 年 8 月 3 日　河西

辛亥革命时的南京

一

1911年的10月10日不同寻常，对于绝大多数南京人来说，这一天并没太大不同。寒露刚过，秋天已有了模样，正是江南最好季节。由于发明了电报，武昌起义的消息很快就传过来，这个城市显然习惯了平静，感觉是迟钝的，无关紧要，好像千里之外的枪声，与自己没什么直接关系。

太平天国一点都不太平，曾给南京带来了巨大的伤痛，接下来许多年，这个城市一直在静静疗伤。长毛早已灰飞烟灭，湘军和淮军的影响却仿佛还在，在这做官的不是湖南人，就是安徽人。驻扎在城内的军队大约有二万五千人，其中倾向革命的新军有五千人，保守的旧军有旗兵和绿营二万人。

老百姓对动乱充满了恐惧，对战争非常厌倦，最好的选择就是什么事也别发生，最好的生存状态就是太太平平。戊戌变法，义和团运动，边远省份由同盟会领导的一次又一次暴动，广州的黄花岗起义，四川的保路运动，过去发生的一系列重要事件，都与南京没任何关系。

武昌的起义似乎还不足以惊醒这个城市，革命接二连三，革命党人频频出击，到处开花。光复大旗随处飘扬，转眼之间，南京周围差不多都成了革命党的天下。远一些的陕西山西云南光复了，近一些的湖南江西安徽光复了，上海光复了，杭州光复了，苏州光复了，沿着沪宁线，无锡常州镇江接二连三光复，连江北的扬州也光复了，南京仍然还掌握在清政府手里。

这个有点让人感到尴尬的现实，让南京的革命党人感到很窝心，很着急。起码在外人看来，南京人不够努力，缺少血性。当然，南京人也做出了努力，11 月 8 日凌晨，一次仓促的不成功的起义，让势力单薄的革命党人惨遭失败。负责守城的清军将领，显然做好了防范，防患于未然，早早地将可能闹出事的新军调出了城外，每人只发给三粒子弹。和很多城市不用吹灰之力就轻易拿下不同，南京注定要经历一场血雨腥风。考察整个辛亥革命，南京光复之役不说最惨烈，但是也可以说相当麻烦，付出了很沉重的代价。

如果历史允许假设，时间可以倒流，站在清朝的统治者角度来看，他们一定会后悔做了两件事。第一，取消了科举，这让读书人失去了奋斗的目标。太平天国领袖洪秀全，就是一个屡试不中的失意秀才，要是考场得意，让他有了功名，或许就不会给政府添那么大的乱子。科举没有了，一代读书人有力无处使，有劲不知道该怎么用，仿佛没头苍蝇，巨大的能量发挥不出来，革命也就在所难免。第二，不应该冒冒失失地做军国主义的美梦，大清朝已病入膏肓，虚弱的身子根本禁不起重药，却还妄想建立了一支强国称霸的新军，结果国未强，霸未称，反倒给自己培养了掘墓人。

复旦大学著名教授朱东润先生的三哥就曾经在新军服役，后来转业到南京老虎桥监狱当了狱卒，他的故事非常适合再现当时的历史。武昌起义的消息传来以后，这位思想激进的年轻人开始不安分起来，他与新军的中下层军官秘密联络，约定时间里应外合，同时举行暴动。然而新军被突然调往城外，仍然还蒙在鼓里的他按照原订计划起事，时间一到，在监狱里为犯人打开了镣铐，用事先准备好的枪支将他们武装起来，然后呼喊着冲向街头。

因为没有外援，结果就只能壮烈牺牲。从名声来看，朱东润的三哥不能与秋瑾和徐锡麟相比，也不能与黄花岗七十二烈士相比，虽然后来也得到了抚恤金，也算是个英雄先烈，说起来总觉得有点心酸。革命难免会有些牺牲，革命不是做买卖，不可以讨论值得不值得。然而他的牺牲至少可以说明，光复南京毕竟不是儿戏，还必须有些更有力的行动才行。

二

辛亥革命的最终成功，完全出乎大家意料。按照革命党人的意愿，革命应该首先在边远地区发动，然后逐步推开，最终彻底动摇清王朝。偏偏事实证明，边远省份的起义，总是微不足道，很轻易地就被扑灭。众所周知，发生在武昌的起义更像是一次擦枪走火的意外，革命党人自己都感到手忙脚乱，最后不得不从床底下将黎元洪搜出，白白送了顶革命元勋的乌纱帽给他。

因此，辛亥革命成功，某种意义上来说，并不是革命党人如何强大，而是大清朝实在太弱。光复成了多米诺骨牌，因为大清朝太弱，因为寿终正寝，很多城市只要揭竿而起，发一篇通告，贴几张传单，就可以传檄辄定，立刻光复。巡抚大人摇身一变，又成了本省的最高权力长官都督。城头变幻大王旗，革命成了一场欢快游戏，光复成了最时髦的词。然而骨子里的旧还在，官仍然是官，民依旧是民，知县摇身一变，成了县知事，一字之差，县太爷还是县太爷。

此时的南京却有着特殊意义，天下已经大乱，胜负还在一念之间。袁世凯打电报给负责守城的张勋，说“东南半壁，悉赖我公”，他的意思十分明显，只要南京还在，革命党人就翻不了天。只要南京还没丢，沪宁线上的城市虽然光复，其他省份已经独立，清军随时还可以再收复。这时候，革命已经不可阻挡，但是站在反革命一边的袁世凯却稳操胜算，他的北洋大军掐住了革命党的喉咙，已将武昌团团围住，置于自己的炮火之下，只要他愿意，拿下武汉三镇指日可待。

革命党人也看到了问题的关键，很显然，辛亥首义的武昌肯定守不住。事实已经证明，在军事上，黄兴督战的革命军根本不是北洋的对手。要解武汉之危，只有尽快搞定南京。“南京一日不下，武汉必危。武汉不支，则长江一带必不能保，满虏之焰复炽，祖国亡无日矣！”一时间，南京成了重中之重，于是江浙联军组成了，革命与反革命的势力不得不在此地进行决战。

说是决战，相对于上个世纪军阀混战，中日战争，国共内战，光复南京之役算不上什么大战，死伤人数也相当有限。毕竟是一场改朝换代的生死决战，毕竟这一仗，彻底结束了中国几千年的封建统治。南京的光复，让快要逆转的形势，又一次有利于革命党人。很显然，武昌起义惊天动地，而南京的光复，才正式宣告清朝的大限到了。

这样的结果，一向散淡的南京人肯定不会想到，他们不会想到自己的城市，在波谲云诡的中国大历史上，会扮演一个如此吃重的角色。革命军从不同的方向冲进城门，爱看热闹的南京人又一次成为了看客。炮声已经听不见，零星的枪声也已经结束了，南京人怀着好奇的心情走上街头。在著名的革命党领袖中，竟然找不到一个土著的南京人，退求其次，就算是革命党中有头有脸的南京人也找不到。说起革命家史，南京人只能又一次惭愧。

三

辛亥革命是个模糊的概念，既可以指武昌起义，也可以是当时的一系列城市暴动。或许正是从这个时候开始，革命就变成了一个常用词汇，十分正面，而反革命基本上就骂人了。结论往往最简单，教科书一次次将标准答案灌输给了我们，不断出现在考题中，因此一说起辛亥革命，是个学生就背得滚瓜烂熟。首先，它推翻了几千年的封建王朝；其次，袁世凯窃取了革命的成果。我的历史知识都是读闲书得来的，用行家的话说，是野路子。多少年来，我一直是野史的爱好者，通过旁门左道阅读历史，借助前人的文章和笔记了解过去。辛亥革命时期的南京是怎么样，当时的人有些什么心态，重新考察体会，或许会有些新的观点，会有些与流行不同的看法。

终于光复了，南京的老百姓开始咸与维新，开始兴高采烈相互剪辫子。大家突然发现，原来剪个辫子也没什么大不了，就仿佛闹革命，在不同阶段，有着不一样的代价和结局。清朝留给汉人的辫子，原本和脑袋联系在一起，危险时，剪辫子意味着要丢掉性命，等到大势已去，连袁世凯也与时俱进，剪掉辫子也就是一剪子的买卖。到这时候，水到渠成，剪已经不是什么事，不剪辫子才是个问题。

用旁观者来形容辛亥革命时期的南京人，显然有些不够恭敬，事实的真相或许就是如此。南京是两江总督所在地，掌管着当时最富庶的区域，控制着清政府的经济命脉，历来为朝廷所看重。但是南京人根本管不了这些，他们才不在乎自己的城市有着什么样的政治地位，只是以一种十分现实的心态，非常平静地去迎接这场革命。不仅平民如此，普通官员也是这种态度。攻打南京的炮声响起之时，除了位于最高层的那几位长官，夹着尾巴仓皇逃跑，大部分官员都静观其变，既不打算直接参与光复，也不准备为大清尽忠殉节。

清道人李瑞清当时的职位是两江师范学堂监督，也就是南京最高学府的校长。考察这样一个文化人的态度，显然有助于我们重新回到当时的现场。李瑞清是中国最早参与高等教育的文化官员，曾经到日本考察教育，戊戌变法以后，新派思想一度落于下风，保守势力甚嚣尘上，但是随着科举制度取消，废书院，兴学堂，罢私塾，设师范，已成为不可阻挡的潮流。那时候的大学生显然没有今天激进，更没有几年以后五四运动时的觉悟。虽然在革命军中也有李的学生，譬如后来的著名教授陈中凡先生，他曾在革命军中当伙夫，但毕竟只是极少数，基本上微不足道。

当时思想激进的学生，也不过是先悄悄地把辫子剪了。作为大学的一校之长，对待自己的学生，李瑞清既不鼓励，也不阻挡，完全放任自由。在革命军的隆隆炮声中，他唯一的要求，就是照常敲钟上课。天下再乱，认真读书总是不错。他这么做，依然这么固执，很有点书呆子，但是确实不容易。当时的两江总督张人骏十分感慨，佩服他的淡定，觉得人才难得，是“诚可寄命任重者”，当即火线提拔，任命他为江宁布政使，官居二品。这是个相当高的职务，相当于今天的副省长和民政厅长。

受命于危难之中的李瑞清已不可能大有作为，大局不可能更改，很快，两江总督张人骏跑了，辫帅张勋也跑了，美国和日本领事劝李瑞清去外国军舰上暂避，他依然书生本色，没有携款潜逃，而是“封藩库，积金数十万”，静待革命军的到来。南京光复的那天，他衣冠楚楚，奉印端坐在堂上，眼睁睁地看着革命军冲了进来。

革命军并没有为难李瑞清，毫无疑问，这样的书生不应该是革命对象。交了布政使的大印，回到学校，留校师生奔走相告，欢迎他回来主持学堂。可惜李瑞清不愿与新政权合作，去意已决，遂命人登记校产，抄录清册移付缙绅，上书督府，辞退校长职务。又眼见学生贫寒，衣衫褴褛生活贫困，心中十分痛苦，便卖去自己的车马，所得钱财散给穷学生，随后两袖清风，飘然而去。

四

由于南京是由联军攻打下来，谁来当这个城市的大都督，便成了一个有争议的话题。论功行赏，结果却是你不服我，我不服你。革命给了革命党人一个平起平坐的机会，拥兵的青年将领都觉得自己功高盖主，革命尚未最后成功，各路英雄好汉已经开始钩心斗角，开始争权夺利。南京光复以后，革命党人纷纷涌向此地，投机者也如期而至。虽然革命还未最后成功，武昌仍然告急，可是这里已经俨然像个官场。同盟会会员吴玉章代表蜀军政府赶到南京，刚成立的中华民国临时政府像点样子的官衔早就瓜分一空，部长的位置没了，次长的位置也没了，以至于老朋友只能抱歉，让他任选一个司局长干干。

从光复那一天起，南京就成了一个大的权力场。不能将李瑞清这样的教育精英为自己所用，显然是新的民国政府的遗憾，在这个问题上，既可以说李瑞清顽固和清高，也可以说新政府根本就没时间没兴趣来网罗人才。新的民国政府有很多事要做，有很多重要的会议要开。由于在中国历史上的特殊地位，南京很轻易地就获得了对辛亥革命的领导权，就像革命元勋黎元洪的遭遇一样，具有金陵王气的六朝古都南京，在各种势力的综合作用下，顺理成章地成了中华民国政府的所在地。

武昌起义时，革命军的旗号是十八星旗，它仍然带有汉族独立色彩，驱逐鞑虏，恢复中华，十八颗星象征着汉人的省份。南京民国政府最后选定的国旗，是代表着汉满蒙回藏五族共和的五色旗，千万不要小看了这五色旗，从武昌起义到南京光复，从汉人闹独立到五族和平共处，也不过就两个月工夫，辛亥革命已迈进了一大步，此时的中华概念，事实上就是清政府原有的疆域，它已经不再仅仅是一场汉民族的革命，而是整个中国人的革命。

南京悄悄地改变了革命的性质，从结果来看，它仍然还有骨子里的软弱，正是这种软弱，导致了袁世凯最后窃取了大总统一职。然而有时候妥协并不一定是坏事，让步也不是没有一点意义，妥协和让步可以达成一种共识，可以选择一个最好的结果，这就是取消帝制，反对民族分裂，停止南北对抗。从光复的那一天开始，南京就担当起了领导和调和的任务，如果说辛亥革命时期的南京有什么重要贡献，那就是它一次次满足了当时各种势力的要求，为未来寻找到了一个平衡点，为大家找到了一个各方都能接受的方案。

辛亥革命时期的南京，有着中国历史从未有过的民主，虽然有些混乱，有太多见不得人的钩心斗角，有让人不齿的权谋，但是说到底，还是浩然正气占据了上风。辛亥革命时期的民主虽然只是初级阶段，然而却几乎是中国近现代史上的绝唱，这以后很多年，以讨论的方式，以和平的方式，完全考虑到民意来决定国家领导人的方式，已完全被暴力革命所替代。

1911 年的 12 月 14 日，各省代表在南京开会，为选黄兴还是黎元洪当总统争执不休，获悉袁世凯也赞成共和以后，立刻决定暂缓选举总统，虚位以待袁世凯反正。很显然，还处在敌人阵营的袁世凯，才是大家心目中众望所归的总统人选，黄兴这么认为，黎元洪这么认为，孙中山也是这么认为。12 月 25 日，孙中山从法国马赛回国抵达上海，由于有比较高的威望，他受到许多革命团体支持，也得到了立宪派和旧势力的认可，一致认为他是争取袁世凯反正之前的最佳临时总统。因此从一开始，孙中山的大总统前面，就加着临时两个字。

换句话说，袁世凯最后成为正式的大总统，不是一个简单的窃取就可以解释，也不是因为南京的软弱就可以形容，而是代表着当时从上到下的民心。事实上，辛亥革命时期的南京在最后选择了袁世凯，错也好，对也罢，最终是尊重民意这一点，应该得到充分肯定。“周公恐惧流言日，王莽谦恭未篡时”，是袁世凯对不起民意，是他自己把事情搞砸了，如果在当选大总统之后不久便死去，他或许就真的流芳百世。

2010 年 12 月

路曼曼其修远兮

“路曼曼其修远兮，吾将上下而求索。”这句话，很多有志向的年轻人都喜欢写下来，镶在镜框里，挂在墙上激励自己。这里的路，自然是指前面的路，人活着，就得往前看。前途光明，然而光明并不等于一帆风顺。路是人一步一步走出来的，是道路就一定曲折。人活着，不能总往前看，“身后有余忘缩手，眼前无路想回头”，有时候，未必就真是走投无路，人们也不妨歇下脚来，回头看看自己走过的足迹。

在和南京有关的老照片中，我所见最古老的一组，摄于1888年。不看文字介绍，还真不明白怎么一回事。就说那张鼓楼旧影，拍摄者大约是站在今日的珠江路口，架着老式的三脚架，忙乱了好半天，才为后人留下这一珍贵的历史镜头。拍摄者显然是位外国人，因为一百多年前，摄影这门技术，也只有“洋鬼子”才能掌握。照片上的历史，有时胜过一大堆洋洋洒洒的文字，不过是一百多年前，当时南京鼓楼一带，竟然如此荒凉。时至今日，谁都知道从鼓楼到新街口这一段的中山路，是南京最繁华的一段，它的繁华已经很有些年头，这里是北京的王府井大街，是上海的南京路。

我感兴趣的，是从鼓楼门洞里穿过的那条石板路。这条昔日的交通要道，远远地从江边过来，曲曲弯弯，细细长长，终于把城南和城北连成了一片。这样的石板路最适合步行，想当年，古城南京到处都是这样的路。据《白下琐言》记载：

> 从石城门至通济门，长街数里，铺石皆方整而厚……今被车牛碾之破损，良为可惜。

始建于明洪武年间的石板路，熬到 19 世纪末，已经变得破烂不堪，这一点，从任何一张关于南京的老照片上，也能隐约看出一斑。这样的石板路，在某种意义上，是旧中国的缩影。在城市建设中，它是盛极一时的象征，也是落伍的见证。到了 1894 年，也就是中日甲午海战那年，当时的两江总督张之洞突然心血来潮，下决心修一条马路。

新修的马路从江边起，穿下关码头，由仪凤门即现在的兴中门入城，沿旧石板路，一路拓宽，浩浩荡荡，终于到了鼓楼这里，然后拐弯向东，从北极阁山脚下，经过总督署，也就是民国时期的国民政府和总统府，蜿蜒向东南，一直到达通济门。这是南京历史上的第一条马路，并不宽，宽的地方不过十米，仅可行走人力车和马车，而且不是今天常见的柏油路。

南京的路，随着洋务运动，蓬勃发展起来。路从来就是时代文明的标志之一。众所周知，南京的繁华，向来是集中在城南的秦淮河一带，鼓楼已经是这个城市的北郊。在清朝末年，位于更北面的南京下关码头，已成为重要的通商口岸，江边的惠民河里，停泊着大大小小的商船，由于惠民河和秦淮河相通，各种货物必须从这里源源不断地送往城南。城市交通中的水路，逐渐被陆路替代，这是一个谁也不能改变的现实。秦淮河在南京的交通史上有着十分重要的地位，然而时过境迁，坐船太慢，而且深受限制，不改变已经不行。人们想在市内流动，穷人靠自己的腿走，有钱的就坐轿子，坐马车，坐人力车。河运已经严重落伍，通往市区的道路，突然之间变得十分重要。

我感到非常遗憾的，是南京市内重要特色之一的小火车再也见不到了。这条铁路建于 1907 年，成本极其低廉，仅花了四十万两银子，用的时间也不多，只有一年又两个月。因为铁轨比一般的火车略窄，市民习惯称其为“小火车”。南京的小火车，一共运营了五十年，开始时有七个站，沿途有白下路，是今天长白街那一段的白下路，自然已经是城南。然后是督署衙门，也就是国民党时期的国府，俗称总统府。

再下来的一站是无量庵，也就是今天的大钟亭那里，据说现在还有一个地名叫“车站路”。这一站跨得很远，中间经过了东南大学，经过北极阁，经过鼓楼，然后丁家桥，然后三牌楼，然后是下关，下关应该说已是终点，然而又拐了一个弯，设了一站叫江口。说来很可笑，当时建造这条铁路时，很重要的一个目的，就是为督署衙门运水。总督大人要喝江水，没有自来水，就天天派车去江边打水。在江边，至今仍有“龙头房”这一地名。总督大人的手实在太长了，他要拧的自来水龙头，竟然在几十里路之外。

真不该低估了小铁路对南京市民的造福，它的作用几乎相当于地铁，虽然看上去貌不惊人，像只难看的丑小鸭，可是它作为市内交通工具，实实在在地给南京的老百姓带来了极大的方便，成为坐不起马车和人力车的穷人的福音。便宜而且经济实用，是城市交通的第一要素。废除这段铁路是个巨大的失误。它和南京今天最主要的交通线中山大道，起点一样，却完全不重复，走的是两条路。由于铁路的拆除，两侧的繁华便没有来得及建立起来。只要仔细研究南京的地图，就能发现今日南京的繁华，其实是随着中山大道发展的，它所经过的区域，逐渐成为了南京的黄金地段，这样的黄金地段，完全有可能因为有市内铁路的存在，由一条线变成两条线。

世界上很多著名的城市，都没有拆除市区的铁路，它们不仅保留了铁路，还保留了有轨或无轨电车。当城市交通堵塞和环境污染这些问题姗姗来迟的时候，南京市内的铁路已经不复存在。也许在决策者的眼中，铁路应该在乡村的田野上撒野，而沿途居住的老百姓，也为它飞奔时发出的巨响感到不耐烦。小火车一度的确成为城市中的怪物，它经过时，交叉路口的行人便要中断好几分钟。简单的解决便是拆除铁轨，大家似乎并没有意识到它潜在的价值。市内铁路巨大的承载能力，自从建成以后就没有充分发挥出来。根据历史记载，这条铁路发挥最大的作用，只是著名的南京保卫战时的调兵遣将，输送军火。

对于事实上并不怎么发达的南京来说，一条市内铁路显得有些提前。由于中山大道的建成，市内交通多年来并没有什么太大压力，市区内的铁路在很长一段时间内都显得不伦不类，更多的时候是闲搁在那里。它的班次太少，一天中运行不了几趟。它的站距太远，不妨计算一下今天的 31 路汽车，行驶路线和距离大致相近，然而 31 路车多达十五个车站，几乎是它的三倍。南京市内的小火车最终惨遭淘汰，说白了，不是因为它过时或陈旧不堪，而是因为它来得提前了一些，缺少科学的经营管理。

南京这样的中等城市，在过去，交通不是大问题。南京的马路在全国曾经首屈一指，甚至在世界上也一度名列前茅。大家预见不到后来会堵车，会突然发现必须要砍树，要蛮不讲理地把道路拓宽再拓宽。原有的铁路早就没了踪影，想一步到位发展地铁，经济实力又受到限制。早知今日，何必当初？如果旧的铁路还在，完全可以改造成一条新型的交通线，换上新式的机车，新的防震性能极好的铁轨，增加车站。这样的市内交通，再也不是乡间火车的概念，而是一个巨大的市内交通传送纽带，是现成的公交专用线，它不停地运转着，仿佛城市中的大动脉，源源不断地把人们送到自己想去的地方。市内铁路将成为古城南京的一大景观，铁轨两侧可以拓宽，走汽车，就像香港街头和许多欧洲城市中常见到的一幕，有轨电车缓缓开过，看上去十分古老，但是实际上非常现代，因为这样的城市，有一种到处都涌现出历史的感觉。

路是城市的脉络，要想了解一个城市的历史，最好的办法，就是对道路的演变进行考察。道路发展了，一个城市的面貌必然随着改变。路变了，人也会跟着改变。南京城市的设计者，曾经非常有眼光，除了市内铁路之外，还修建了今天仍被南京人引以为自豪的中山大道，即今天的中山北路、中山路、中山南路和中山东路。

那些记忆中充满温馨的林荫大道，曾给古城南京带来了巨大的荣耀。人们一提起南京，首先想到这儿第一流的绿化，而绿化的突出标志，便是栽在中山大道两侧和街中绿岛上的法国梧桐。天知道南京一共有过多少棵法国梧桐树，很多地段都是以每排六棵树的队形，整齐地向前延伸，一出去就是十几里，遮天蔽日。这是国内任何城市都不曾有过的奢侈和豪华。

熟悉历史的人都知道，南京的道路发展，和被称之为国父的孙中山先生的“奉安大典”有关。奉安大典只是一个借口，有了这个堂而皇之的机遇，中山大道应运而生。中山大道全长十二公里，比当时号称世界第一长街的纽约第五大街还长。然而这条路的修建并不容易。1925 年，孙中山在北京病逝，当时还是北洋军阀时期，国民党只是在野党，只能根据总理的遗愿，在紫金山为孙中山修一个墓。这个墓历经艰辛，靠大家的捐款，修了好多年，一直到 1929 年，国民党已经得了天下，一期、二期工程才勉强完工。定都南京的国民政府声势浩大地将孙中山先生安葬了，其庞大的扫尾工作，直到 1932 年 1 月，即孙中山先生安葬在中山陵之后的第三年，才全面结束。

奉安大典，原定在孙中山逝世后两周年的纪念日进行，即1927年的3月12日。在1926年的3月12日的奠基仪式上，葬事筹备处主任干事杨杏佛当众宣布，一年后工程完成，即行移棺安葬。结果，由于工程迟迟不能完工，安葬的日期一再延期，直拖到四年以后的6月1日，才将孙中山灵榇从北京迎回南京。说起来让人都不敢相信，全长十二公里、实际上只花了九个月的时间便匆匆建成的中山大道，在原计划中并不存在。中山大道是借题发挥的产物。

说穿了，还是因为国民党得了天下，南京成为民国的首都，近水楼台先得月，南京的市政当局果断地抓住城市建设千载难逢的机遇。机会来之不易，来之不易的机会一定不能放过。市政当局决定利用迎接先总理灵榇的机会，把南京的道路状况彻底改善一下。当然有一些急就章，而且还带些蛮干，说上就上，雷厉风行。南京的大路，似乎注定和下关有关。这一次又是从江边开始，洋洋洒洒，从南京的西北角画了一道大斜线，一直修到了位于城东的紫金山下。

中山大道一下子彻底改变了南京的面貌。这是一次决定城市命运的大举措，它带来了无尽的好处，然而也给当时的南京老百姓带来很多痛苦。由于任务重、时间急，许多细节问题没有得到妥善解决，修路经过之地，很多住家和店铺被强行拆迁，有的人没地方可去，于是就露宿风餐。市民组织了请愿团，静坐游行示威，以孙中山先生的民生思想为武器，斥责市政当局只知道修路，不顾老百姓的死活。当时的南京特别市市长刘纪文是个铁腕人物，他知道既然是修路，婆婆妈妈绝对不行，要来就来硬的，亲自带人到现场督拆房屋。他不怕得罪人，也以孙中山先生的遗训为盾牌进行辩护，说发达首都市政，先在兴筑大道，“实秉总理遗志”，目的是为“建设艺术化之新南京”。

想当初，现代化的推土机，这种刚刚从西方引进的庞然大物，将成片的房屋无情地推倒之际，正是赛珍珠躲在南京撰写《大地》之时。这位因为《大地》一书获得诺贝尔奖的美国女作家，曾对南京市政当局的野蛮行为表示过强烈的不满和抗议。她觉得不管什么样的政府给老百姓过上太平日子，享受幸福的生活，这才是最重要的。她觉得新成立的国民政府，根本就不应该劳民伤财，陷市民于水深火热之中。几年以后，赛珍珠不得不承认，对于南京的改造是成功的，修路造福于南京市民，已成为一个明显的事实。

另一位美国作家爱泼斯坦曾在他的著作中写下自己的见闻。他把当时的南京，比喻成一座带有普鲁士色彩的官府，比喻成一个气势非凡的新首都。在这位美国人的眼里，南京在战前更像是一座西方的城市，它一下子前进了许多年，和世界上许多强国的首都相比，丝毫不逊色。艺术化几个字，在当时还真不能算是瞎说，眼见为实，事实胜于雄辩。为了修路，老百姓咬紧牙关吃了些苦，受了些罪，然而此次修路的甜头，直到今天还在滋润着南京人。

先是有了大路，然后才有路边的树，种了树，后人才能乘凉。不能不说当年修建中山大道是有眼光的大手笔，是为父母官的德政。当时市政当局的远见，实在应该为后来的领导干部所效仿。只要思路正确，改变一城市的面貌，有时候是指日可待。中山大道彻底改变了南京，此后许多年，南京的道路状况在国内一直处于领先。到了 90 年代的今天，虽然很多高大的法国梧桐树令人心痛地被砍去了，但是瘦死的骆驼比马大，就算是砍了那么多的树，似乎还找不到几个城市的绿化能和南京相媲美。

话题仍然可以回到前面提到过的市内小铁路上。如果这条铁路还在，和中山大道共同成为城市交通的主干道，经过现代化改造和科学管理，配备与之交叉的立交桥，南京今日的交通也许就是另一副模样，不仅畅通无阻，而且还能最大限度地保留住树木，保留住古城特有的品质。如果是那样，南京城的绿化依旧，看上去既带有古典意味和浪漫情调，让人赏心悦目，仿佛置身于一座城市的绿岛上，同时又是一座现代化十分完善的城市，车水马龙，有条不紊，一点也见不到落后的痕迹。如果再有些远见的话，把地铁线路早早地就规划好，在适当的时候，凑足了经费，再配备上地铁，人们在这座城市中的流动，将变得更方便更快捷。

如果这样，南京这样的城市将变得独一无二。“国际化大都市”这样的字眼，让北京和上海们去享受吧，南京将成为一个优美典雅的城市，这个城市以人的舒适和温馨为第一位，就像中山大道开始动工时，南京那位固执的市长说过的一样，这个城市已不是水泥森林，它将成为一件“艺术品”。

1997 年

中山陵前的仪式

辛亥革命爆发，孙中山先生正在美国筹款。革命的经费，从来就是件大事情。时到今日，我们都知道，清朝政府真的该亡，辛亥革命势在必然，然而革命要想成功，离开了钱，还是不行。传统的中国人总觉得谈到钱，就有些俗气，可是没钱便办不成事。清政府已病入膏肓，它并不会自动退出历史舞台。辛亥革命是总爆发，虽然孙中山先生没有亲自参加和领导武昌起义，但他的革命思想起着领导作用，他所筹集到的大笔捐款，是起义的重要物质保证。据《南洋华侨革命史略》一书估计，在辛亥这一年中，仅南洋华侨捐的钱，就有五六百万元。

孙中山在旅途中，偶然得到辛亥革命已爆发这一激动人心的消息。当时的通信不像今天这么方便，孙中山只是在翻美国报纸的时候，无意中获悉了武昌起义的消息，他决定立刻去英国，然后再取道法国东归。12 月 25 日，孙中山从海外回到上海，此时距武昌起义爆发已经两个多月。过去的两个月里，发生了无数桩戏剧性的事件，革命党人此起彼伏，浴血奋战，清军在袁世凯的指挥下，在湖北境内取得了决定性的胜利，拿下武昌指日可待，然而天下此时大乱，各省纷纷光复独立，袁世凯的局部胜利，已改变不了清政府陷入四面楚歌的境地。

12 月 29 日，光复的十七省代表，在南京召开会议，选举孙中山先生为中华民国临时大总统。就像后来中国共产党召开第一次全国代表大会，选举没有到场的陈独秀为总书记一样，孙中山的临时大总统，也是在本人未到场的情况下当选的。参加选举的代表曾经拍照纪念，一个个表情严肃，显然都意识到，由于他们的选举，中华民国正式诞生了，而中国的华盛顿和拿破仑，也因为他们庄严的一票，被推选出来。

三天以后，也就是 1912 年的元旦，匆匆回国的孙中山离开上海，到南京赴任，临行前，也拍了一张照片，大家的神情依然很严肃。此时的纪元，已经进入民国元年，然而是否真能推翻清朝政府，还有待于大家的进一步努力。

我不知道这是不是孙中山第一次来到南京，反正从此以后，南京这座城市和孙中山再也分不开了。孙中山来到的第三天，召开第一次内阁会议，任命了一大批文武官员。1 月 22 日，孙中山郑重声明，如果清帝退位，握有重兵的袁世凯赞成共和，自已将立即辞职，推袁氏为中华民国的总统。2 月 12 日，清朝末代皇帝溥仪宣布退位，授予袁世凯全权组织临时共和政府，袁氏顺水推舟，在第二天通电赞成共和，孙中山立刻做出反应，向临时参议院辞职。

善于用心计的袁世凯，成了辛亥革命最大的赢家，孙中山成了真正意义上的临时的大总统，前后只有四十几天。2 月 15 日，临时参议院选举袁世凯为临时大总统。板凳还没坐热，革命成果就拱手让给了袁世凯，这无疑是革命党人的一大错误，为了弥补这一错误，革命党人付出了比推翻清政府更大的牺牲。“革命尚未成功，同志仍须努力”，成了孙中山觉悟以后最重要的口号。

推翻清朝政府，这是孙中山最大的心愿，也是当时所有革命党人的共同目的。清帝退位以后，孙中山率临时政府的文武官员到明孝陵祭告明太祖，发表演讲，昭告全国统一，并在灵前留影。从那些珍贵的历史镜头中，我们可以看出孙中山对明太祖朱元璋的敬仰。祭陵后不久，孙中山与其僚友在钟山打猎，明确表示："百年之后，愿向国民乞此一抔土，以安躯壳尔。"这是文献中他首次流露愿葬在钟山的记载。十三年后，孙中山在北京一病不起，弥留之际，犹拳拳以归葬钟山为嘱。以孙中山创建民国之功劳，进行国葬没有问题，北洋军阀虽然不满意孙中山，和国民党心存芥蒂，然而没办法阻挠孙中山葬在南京。

孙中山的遗体暂厝北京西山的碧云寺。远在广东的国民党人，开始为中山陵的工程进行具体操作。中山先生葬事筹备处正式成立，筹款、考察地址、选定设计方案、招标、工程奠基逐一展开。整个工程的进展很缓慢，到处都是阻力，原计划只是一年，事实上却花了三年多的时间才勉强完成。国民政府定都南京之前，南京一直是北洋军阀的天下，在北洋军阀眼皮底下修筑中山陵，其困难不难想象。好在国民党的势力在孙中山逝世后迅速壮大，国民革命军开始北伐，攻克武昌，攻克南昌，接着又取得了上海和南京。1927 年 4 月，国民政府定都南京。

战场上节节胜利，使得北洋军阀有理由相信，冥冥之中，孙中山的英灵正在保佑着国民党人。张宗昌就曾向奉系军阀领袖张作霖提议，将孙中山寄放在北京的遗骸毁掉，借以败坏国民革命军的风水。这位以爱吃狗肉著名的将军，甚至带着侍卫冲进碧云寺，指着灵榇恶骂，威胁如其继续庇护国民革命军，就要将遗体火化。幸亏奉军少帅张学良的及时阻挡，张宗昌的胡作非为才未能如愿。这次风波，直接导致了孙中山先生的遗容发生变化，守卫人员担心遗体遭到破坏，将遗体换了一个小棺材藏进山洞，等风波过去以后再拿出来。经过这么一折腾，尸体受到空气的侵蚀，原计划放在水晶棺材中让人瞻仰，已经变得不现实。

在一开始，恐怕谁也不会想到，中山陵具有魔法一般的象征意义。人们甚至不会想到国民党人后来竟然能够得到天下。北伐胜利显然出乎很多人的意料，虽然符合民心，但是谁都知道，在军事上北洋军阀更强大。国民政府定都南京，为中山陵的顺利完工提供了许多方便。随着张学良的易帜，国民党人终于完成了所谓统一大计，南京终于成为真正意义上的中央政府所在地，而这一点，恰恰是孙中山的遗愿之一。孙中山的灵榇迎回南京安葬，成为中华民国历史上最重要的仪式之一。从此，仪式一个接着一个，中山陵成为各种人物演戏的舞台。

历史镜头记录下了当时迎榇的盛况，这是南京政府趁机做广告宣传自己的最好机会。和孙中山先生一生崇尚简朴相违背，南京政府在迎榇的整个过程中，充分显示出了豪华和铺张。1929 年 6 月 1 日举行了“奉安大典”，此前一个月里，国民党中央在全国范围内展开了大规模的迎榇宣传活动，其中最有创造性的一个举措，就是用一列火车进行安葬前的宣传。长长的宣传列车，共有十二节车厢，车身是我们所熟悉的蓝色，上面写着孙中山的遗嘱、训词以及史略，浩浩荡荡地由南向北，一路走，一路宣传。

国民党中央党部专门组织的宣传列车委员会，聚集了当时的一流人才，人数多达一百三十五人。宣传列车每到一处，当地政府要员和民众代表都得出来迎接和送别，都要举行集会演讲，宣传孙中山先生的人格和他的主义，放映《总理生前》等影片。宣传活动历时十八天，沿途经过江苏、安徽、山东、河北四省的大小车站三十三处，接受宣传的民众多达一百多万人。

孙中山先生的丰功伟绩，似乎没有办法用文字来具体表达。这也就是为什么中山陵的碑亭中，那块高约九米的巨碑，上面只是朴素地写着“中国国民党葬总理孙先生于此”几个字的原因。此处无言胜有言，简洁而不简单，称孙中山为总理，而不称国父，隐约透露着这么一层含义，作为执政党的国民党一党专政，已经正式启动，因为总理只是孙中山在国民党党内的职务，而孙中山对中国革命的最大贡献，在于他作为同盟会的领导人，领导推翻了清朝政府。当时出版的《中学教育指导》上曾明确地写着:“南京为总理指定之首都。”南京政府的想法非常具体，那就是利用孙中山的巨大影响，借助中山陵的存在，确定天下为国民党的天下，确定南京作为首都在世人心目中的地位。1937 年，日本军队兵临城下，蒋介石不肯轻易放弃南京，组织了一场完全没有军事意义的保卫战，一个重要的理由，就是南京乃是孙中山灵榇所在地，不象征性地打一下，愧对先总理遗骸。

中山陵从建成之日起，就成为一个重要的象征。规模空前的安葬仪式，意味着军阀割据的时代已经结束，意味着四分五裂的国家，暂时统一与和谐。在要人咸集的奉安委员会中，赫然罗列着蒋介石、胡汉民、冯玉祥、张学良、孔祥熙、于右任、林森等人的名字，然而把这些人放在一起，加上豪华和热闹的场面，并不能掩盖国民党人分裂的真相。远在法国巴黎的汪精卫，近在广西的桂系，以及手握重兵的冯玉祥、阎锡山，都对以蒋介石为首的南京中央政府心怀不满。就在奉安大典结束的八个月后，蒋桂冯阎混战发生，如果不是张学良支持蒋介石，战场上最后的胜利者究竟是谁，真还很难说。

在谒陵的一组照片中，我们可以看到蒋介石和张学良的一张合影，摄于蒋桂冯阎大战刚刚结束。张学良因为“护驾”有功，论功行赏，被任命为陆海空军副总司令，成了蒋的拜把子兄弟，原来由冯玉祥、阎锡山占据的地盘，如河北和察哈尔，还有北平和天津，都划归他管辖。照片上蒋介石神情严肃，然而又面露胜利者的喜色，因为刚刚过去的大战已经证明蒋介石在军事上没有对手。张学良从此成为蒋在北方唯一的封疆大吏。一年以后，张学良不明不白地丢了东三省，六年后，正在西北与共产党作战的张学良，又发动了逼蒋抗日的西安事变。

蒋介石“攘外必先安内”的如意算盘，被张学良这个拜把子兄弟彻底打破了，所谓“成亦张学良，败亦张学良”。西安事变是中国历史的转折点，既让已经陷于困境的共产党人得到喘息，同时也让蒋介石捞到了足够的政治资本。西安事变和平解决，由于蒋许诺领导抗日，他的个人威望达到了最高点，当他从西安平安返回首都的时候，南京城里到处放爆竹庆祝。蒋后来始终没杀张，又始终不放张，和蒋桂冯阎中原大战时张学良的护蒋、西安事变时的囚蒋分不开。他们之间的恩恩怨怨，一度左右了中国历史的进程。对此，冯玉祥曾讥笑蒋徒有“妇人之仁”，是视国家法律为儿戏。

20 世纪 30 年代的中山陵看上去虽然很肃穆，很庄严，但是由于刚种下去的树尚未形成气候，远远地望过去，依然有些荒凉。老作家汪曾祺曾对我说过亲眼见到的一件事情，那时候他在江阴读中学，有一年作为学生代表来南京受训，去中山陵谒陵，并在那里接受蒋委员长的接见。给汪曾祺留下深刻影响的，不是蒋委员长的尊容，而是当时教导总队的队长桂永清，这位后来的海军总长，穿着锃亮的皮靴，迈着标准的正步，从中山陵的下端一路正步往上走，走到蒋委员长面前，“啪”地一个军礼。中山陵的台阶历来为人所称赞，不妨想象一下，从下而上，如果是用正步，没有严格的训练，小腿肚子非抽筋不可。

谒陵成为南京的一大特色，早在中山陵还没有建成之前，谒陵就已经成为一件时髦的事情。很多人来南京，心中老惦记着的一件事，就是坐了公共汽车，去晋谒正在建设中的中山陵。那时候的墓地，脚手架林立，机器声轰鸣，山上山下一片荒芜。人们来到这里，一方面是出于对孙中山先生的崇敬，另一方面也是受报纸宣传的影响，想亲眼目睹中国建筑史上的一次奇迹。奉安大典之前，国民政府已经开始迫不及待地组织谒陵活动，譬如1928年5月的全国教育会议，7月的全国财政会议。灵榇安放在中山陵以后，晋谒中山陵很快成为一项最重要的仪式，许多重要的会议必定要安排一次谒陵活动，有的会议，开幕式甚至就放在中山陵举行。

除了特别的纪念日，中山陵的墓室只在星期天开放。奉安大典之后，每年到中山陵谒陵的人多达十万。那时候还没有旅游这样的消费，和现在每年有一百多万的游客相比，当年能有那么多的人也实在不容易。中山陵成为种种仪式的举行地，断断续续地给人精神之寄托。譬如前面提到的中学生军事集训，譬如各地党政大员到南京来述职，许多仪式都和抗日救亡运动有着联系。蒋介石会利用中山陵做文章，别人也会利用。

中山陵成为各种仪式的发生地。1935年冬天，一场大雪之后，国民党的一位中将续范亭在中山陵剖腹自杀，虽然经过抢救脱险了，这件事情造成的影响却非同小可，因为续范亭自杀的目的，是抗议南京政府不出兵华北。自从“九一八”事变以后，抗日就成为中国最重要的主旋律，续范亭的自杀犹如火上浇油，弄得蒋介石十分被动。这次自杀是一年后西安事变的预演，几乎所有的人都明白，中日之战已不可避免。两年以后，抗战不仅拉开了序幕，而且悲壮惨烈。日军兵临城下，蒋介石在中山陵前匆匆作别，离开了南京，紧接着就是众所周知的南京大屠杀。

战争并没有给中山陵带来致命的损坏。中山陵已经成为南京这个整体不可分割的一部分。即使是在沦陷期间，中山陵的仪式不但没有减弱，而且被汪精卫搞得更过分，谒陵活动比往日似乎更热闹，孙中山逝世后，他的肝脏曾被解剖作为标本，保留在北京的协和医院。太平洋战争爆发，日军占领协和医院，将这标本移交给汪精卫，汪伪政权由此大做文章，举行了规模空前的“国父灵脏”奉迎仪式，然后将灵脏放在玻璃盒里，供在中山陵里让人参观。汪伪政权垮台前夕，大汉奸褚民谊将灵脏偷偷地藏了起来，并以此要挟国民政府赦免他的死罪，此举曾激起民众的公愤。做汉奸已经十恶不赦，死到临头，竟然还想用孙中山的肝脏来做交易，是可忍，孰不可忍。

1937 年 12 月，蒋介石挥泪告别中山陵，经过八年抗战，国民政府终于又一次还都南京。还都自然得热闹一番，要有一个隆重的仪式，地点便选择了中山陵。这是自奉安大典之后最热闹的一次，喜形于色的蒋委员长，身着戎装，戴着白手套，拎着一根拐杖，步履轻盈，由众人簇拥着走向高处，第一夫人宋美龄紧挨在他的身边。据记载，那天的场面十分壮观，几百辆小汽车停放在陵园门口，墓道两侧，三十六面国民党党旗和国旗迎风飘扬，文官身穿中山装或长袍马褂，走左边的石阶，武官则一律戎装勋章，走右边的石阶，当中石阶是留给蒋介石走的。这是他一生中最辉煌的时刻，也是由盛而衰的转折点，历史记录下了他从中山陵下来时的镜头。

半年之后，到了 1946 年底，国共和平谈判破裂，中共代表团离开南京前夕，专程到中山陵谒陵，中共代表团团长周恩来在陵前摄影留念。当时人们并没有意识到，这次不同寻常的仪式蕴藏着巨大的潜台词，意味着一次空前规模的决战已经拉开了序幕。在兵力上处于劣势的共产党，最终时来运转，成了历史舞台上的胜利者，而还都南京不久的蒋家王朝，不得不又一次重演早就上演过的悲剧，愁眉苦脸地去中山陵揖别，“忽喇喇似大厦倾”，丧家之犬一样跑到台湾去了。

1997 年

展览馆里的风景

熟悉南京文化掌故，最终没有留下文字，这是十分可惜的事情。譬如胡小石先生，是土生土长的南京人，当年中央大学名声赫赫的教授，解放后南京大学中文系三位一级教授之一。据说胡先生很喜欢和弟子说南京的故事，桃花扇底看前朝，前事不忘，后事之师。另一位深谙南京掌故的是卢前，卢前字冀野，出于曲学宗师吴梅门下，于词曲方面有很深造诣。和胡小石先生一样，卢前也是土生土长的南京人，故宅在升州路小板巷。他曾当过国民参政员，因此戏称自己为卢“前参政”。这两位先生，把自己知道的掌故写出来，一定是很精彩的著作。

过去大学的教授，常有游山玩水的雅兴。文化人喜欢玩文化，而南京的山山水水，到处都是文化。1928 年 12 月，中央大学的四位教授在北门桥大中华酒楼吃饭，饭后有了玩的兴致，便雇车去城西石头山古林寺。到了庙里，和尚知道这些都是名教授，拿出纸笔来，请留下墨宝以作纪念。于是教授们推黄侃和汪东为代表。两人拿起笔就写，写了条幅，掷笔而去，然后乘兴沿清凉古道，穿三步两桥，过华严岗入归云堂，到达梅曾亮的名篇《小盘谷游记》中所描述的胜境。必须指出的一点，清凉古道和三步两桥都是实实在在的街名，仅仅从这街名上，都可以闻到那种文化的气息。

从岗上东望，可以遥见钟山，俯瞰夕阳下的古城；南望，是英商怡和公司的几座别墅，红瓦黄墙，洋味十足，和古寺相对，显得有些煞风景和不协调。大家不免一番感叹，于是又作诗纪念，用七绝联句的形式，一口气写了十五首，开头的第一首如下：

城西见说古林幽，（黄侃）
暇日招邀作俊游。（汪东）
一片疏林万竿竹，（王晓湘）
目成先兴释古忧。（汪辟疆）

有感叹，这是一种境界，有了感叹，能写诗，又是一种境界。南京这座城市，多少年来一直带有人文色彩，它的审美始终离不开文化积累。小说家张恨水在南京定居时，他书房的东窗遥对钟山，只要把窗子打开，就仿佛面对一幅中国山水画。这是一幅活的画卷，春夏秋冬，季节不同，感觉也不一样。阳光灿烂，是一种感觉，月色朦胧，也是一种感觉。阴雨绵绵，大雪纷飞，坐在窗前，面对变幻着的钟山，难怪张恨水能下笔万言。

旧时的南京如同画卷，然而并不是什么人，都有置身于画卷之中的感受。美必须通过人的感官才能存在。美是一种发现，需要人的心灵去感受。南京的风景，自唐朝以来就离不开“怀旧”二字。南京的风景美，从来就是和历史沧桑联系在一起，抗战前，南京大石坝街发现了“媚香楼”界碑，证实《桃花扇》的主角李香君当年即卜居于此，报纸立刻一阵热闹。吴梅教授专门为此填了一首词，末两句“武定桥边，立尽斜阳”，曾广为流传。

“旧时王谢堂前燕，飞入寻常百姓家”，如果没有历史作铺垫，没有个人文化学识的积淀，一座普普通通的武定桥，绝对引不起人们的无尽幽思。多少年来，每当我见到那张大报恩寺塔顶覆莲盆的老照片，就有一种说不出的惆怅。自从永乐皇帝迁都北京以后，南京人始终摆脱不了遗民情结。建于明永乐和宣德年间的大报恩寺，是永乐皇帝纪念其生母碽妃而建，碽妃是朝鲜人，永乐皇帝刚生下来，就被明太祖处以“铁裙”之刑，活活折磨致死。永乐皇帝从侄儿建文帝手中夺得了皇位，在永乐十年开始兴建报恩寺。从这张摄于 1890 年的照片上，我们可以根据遗物，重新想象未被炸毁前的大报恩寺塔的壮观。

大报恩寺塔高一百多米，“金轮耸云，华灯耀月”。当年外国的使臣参观了以后，称大报恩寺塔为“四大部洲所无有的绝美的伟大建筑”，把它誉为中古世界的奇迹，与罗马大剧场、比萨斜塔、亚历山大陵墓、土耳其圣索菲亚清真寺等并称。塔的第一层上悬匾额“天下第一塔”，由于高，甚至从擦城北而过的长江上都可以看到塔的雄姿。大报恩寺塔的顶部由“承盘”“相轮”“宝顶”三部分组成，承盘重 2250 公斤，相轮重 1800 公斤，而宝顶竟然是用了 2000 两黄金铸成，塔内设篝灯 146 盏，即所谓“长明灯”，每昼夜需灯油约 30 公斤。从建成之日起，大报恩寺塔就屡遭雷击，屡坏屡修，终于在太平天国内讧中彻底被毁。

大报恩寺塔位于南京城南聚宝门外，南郊风景区历来是南京人的旅游胜地，这里有牛首山，是岳飞大战金兵的地方，有渤泥王墓，这是一个来访的外国国王的陵墓。中国传统的旅游胜地和墓址通常不肯分开，在南郊还有“明方正学之墓”，方正学也就是方孝孺。永乐皇帝从北京打到南京，逼当时最有名的文人方孝孺为其写诏书，方披麻戴孝，执笔书一“篡”字。永乐皇帝说：“这是我们家私事，不要你管。”方孝孺破口就骂，永乐皇帝龙颜大怒，说：“汝不怕夷九族耶？”方孝孺说："即夷十族何妨！"于是永乐皇帝果然对方孝孺满门抄斩，灭了九族，还不过瘾，师友一族，也受牵连，斩，正好凑足十族，前前后后杀了几百号人。

南京人似乎很欣赏方孝孺这样的勇气，然而有勇气，意味着要杀头，因此凡是活下来的人，都有忍气吞声的嫌疑。勇气也有理想主义的一面。古典名著《儒林外史》中，有两个挑粪的南京平民，卖完了粪，就去永宁泉茶社吃一壶水，然后回到雨花台来看落日。他们的这种举动，让小说主角杜慎卿很感叹，笑着说："真乃菜佣酒保，都有六朝烟水气，一点都不差！"这是文学作品中，写南京人洒脱最传神的一笔。

在雨花台上看落日，显然十分好看。雨花台是城南的制高点，自古为军防要地。进入近代以后，有了枪炮，雨花台的重要性日益显著。"其旁冢累累，其下藏碧血"。辛亥革命时，光复军曾在这儿和清军发生过激战，抗战爆发，震惊中外的"南京保卫战"也曾在这儿展开了反复的拉锯战。多少年来，雨花台已经成为人们扫墓的地方，南京人习惯把自己已故的亲人葬在雨花台一带的山坡上，大家在清明倾巢而出，去踏青，凭吊先人，公私兼顾，然后便去茶社喝茶，去"马祥兴"大快朵颐。

南京的东郊成为热闹风景区，是国民政府定都南京以后的事情。首当其冲的是中山陵的完工，南京老百姓以及全国人民，突然发现了一个新的值得去的地方。对于外地人来说，去没去过中山陵，成了是否到过南京的代名词。在过去的年代里，虽然有明孝陵，然而这是皇家陵园，擅闯乃是死罪，所以一般的老百姓犯不着去拜访洪武皇帝。到了清代以后，明孝陵日见萧条，虽然是皇家陵园，看上去破烂不堪，不是特别有雅兴的人不太会想到去东郊。私下去谒见明孝陵的，常是一些仁人志士，心存了反清复明的念头，去那里绝对不是仅仅为了看风景。

中山陵的建成，给东郊奠定了让人们去接受教育的基础。直到今天，中山陵仍然还是中小学生的爱国主义教育基地。人们去中山陵，通常都带着一种敬仰的心情。因为有中山陵，明孝陵也变得热闹起来，死了已经六百年的明朝开国皇帝，终于沾了孙中山先生的光。其实在中山陵，国民政府还建设了一整套的系统工程，譬如为纪念在建立中华民国的战斗中英勇牺牲的将士，修建的阵亡将士公墓。南京人所熟悉的灵谷塔，和大报恩寺塔相比，九层似乎矮了一些，只有六十米高，然而有这么高已经足够了。记得小时候随学校去灵谷公园，爬到塔的最高层，用白纸做成小飞机、小降落伞，然后看着它们在空中曼舞，一玩就是好半天。

阵亡将士公墓和中山陵，连同明孝陵成为东郊风景三大重点。人们到这儿来游玩，将充分地领略中国的墓葬文化。阵亡将士公墓是由美国人茂菲设计的，不得不承认这是一个聪明的美国佬。1925 年，茂菲设计金陵女子大学时，因为不熟悉中国建筑，不仅造型不地道，而且檐口下的斗拱竟然偏离柱子的顶端。不过只过了三年时间，茂菲的设计思想突飞猛进，他吃透了中国人的种种想法，独具匠心的设计方案，很顺利地就得到了挑剔的筹委会的同意。

公墓没有违背传统陵墓的手法，从照片上可以看出，和灵谷塔相对，三个公墓呈一极钝之三角形，预留了大片的绿地，同时，还精心考虑到了新旧建筑的结合，在传统中创新，巧妙地将古建筑无梁殿改造为祭堂。让人感到耳目一新之处，是第一烈士公墓中如蜘蛛网似的小路，一千左右的墓穴分列两旁，在庄严中透露出一种温馨，于英雄气中流露出淡淡的人情。工程完工，正值“一·二八”淞沪抗战结束不久，国民政府从参加抗战的阵亡将士中选了一百二十八名代表，隆重安葬在第一烈士公墓，以示绝不忘记抗日之决心。

以死人鼓舞活人，也可以算作世界惯例。南京虽然称为帝王之都，可惜自有历史以来，大都是软绵绵的，美人情长，英雄气短。南京一而再地出亡国皇帝，历史上的南京政府，大都面临着亡国的威胁，这一点对于国民党的蒋家王朝也不例外。蒋介石提出“实行新生活，严禁烟赌娼”，其目的也是为了一改南京传统的颓唐之气。南京人不能仅仅活在桨声灯影之中，20世纪的前半个世纪，似乎注定要笼罩在战争的阴影中。国家有难，匹夫有责，南京东郊陵园对国人应该是个鞭策。

我小时候，城南和城北相比，仍然还是城南热闹。人们去玄武湖公园，通常都从解放门进去，坐公共汽车，站名是鸡鸣寺。从公共汽车上下来，最先进入眼帘的是魁星阁。从小我就不喜欢这种宝塔的造型，看上去有些花里胡哨，不伦不类，等明白事情以后，知道了它的来历，厌恶之情更深。我不知道是谁把它改成了魁星阁，实际上这座建筑建于1941年，是汪伪政府的“还都”纪念塔。塔高十七米，钢筋水泥结构。在汪伪时期，它还被称为“和平”纪念塔，与鼓楼广场附近的“保卫东亚纪念塔”一样，都是亡国的耻辱标记。

离魁星阁不远就是古胭脂井的所在地。抗战胜利以后，国民政府从重庆回到南京，为什么没有像对胭脂井的态度一样，竖一块碑来警示后人？也许是觉得亡国有自己不可推卸的一份责任，也许是被一时的胜利冲昏了头脑，因为此时的中国，尽管还没有真正强大起来，已经自说自话地自称世界四大强国之一，南京人情不自禁地又沉浸于桨声灯影之中。国民政府回到南京以后，曾议论过是否迁都的问题，国民党元老张继和于右任力主迁都北京，理由是南京的颓唐空气，很不适合于作为一国之都。

走过魁星阁，走过鸡鸣寺，走过胭脂井，就到了玄武湖。玄武湖公园是南京人的骄傲，早在抗战之前，这里就是让人丢魂落魄的地方。由于南京的夏天十分炎热，宽畅的玄武湖便成了最好的消暑场所。过去没有空调，三伏天，达官贵人们都逃到庐山避暑去了，玄武湖的大门便不收门票，免费让市民进公园纳凉。人们早早地洗了一把澡，摇着扇子，闲步走进公园，找个地方坐下来，谈天说地，或者雇一条小船，由船娘摇着，在湖中心荡漾。玄武湖里的消夏图曾是南京繁华的缩影之一。

文学作品中，写到南京时，除了秦淮河的歌女，往往还愿意附上一笔，就是写一写玄武湖的船娘。年轻美丽的船娘，让许多男人怦然心动。玄武湖不仅桃红柳绿，还有樱桃、海棠、玉兰，古树名花，应有尽有。事实上，这里成了秦淮河之外的另一处风流场所。1937 年 4 月 10 日的《朝报》，以“玄武湖上，‘湖匪’横行”为题，做了如下报道：

> 请当局设法取缔，近以天气渐暖，玄武湖各洲桃花盛开，京中人士及大家闺秀，稍能抽暇者，莫不前往一游，故连日门前，车水马龙，络绎不绝，大有人皆及时行乐之概，而一般流氓，乘此时机，又兴邪念，每假乘船之名，在湖中追逐良家妇女，是所谓湖匪，又将横行湖上，殊使游客不安，甚望维持治安之当局，有以注意云。

昔日的南京已经远去，如花美眷和轻薄少年，都已成为旧事。历史不应该被完全忘记。20 世纪 30 年代初期，留德博士朱偰从海外归国，风度翩翩来到南京，成为中央大学经济系年轻的教授和系主任。朱先生对南京的风光情有独钟，不仅能文，而且能武，善于拍摄照片。他来南京时，正是国民政府大兴土木的日子，到处都在开路，房屋改建，地名改命，新首都的气象日新月异，而古迹之沦亡，文物之破坏，也前所未有。朱先生花了三年时间，为当时的南京抢拍了二千多张照片，目的是怕后人见不到实物，再也不明白历史是怎么回事。他的《金陵古迹名胜影集》《金陵古迹图考》《建康兰陵六朝陵墓图考》，现在已经成为重现当年情景的最重要的文献。正是因为这些珍贵的照片，今天所从事的许多文字工作才有可能展开，影视工作人员才有可能重新复制当年，让人们又一次回到已经消失的风景中去。

1997 年

民间的相册

朋友们知道我要写南京的老照片，纷纷提供线索，有个朋友特地送来一张巨大的全家福，夹在过了期的报纸中间。这是张摄于七十多年前的老照片，朋友指着照片上的一个小姑娘，说这是他母亲，这是他舅舅，这是谁谁谁，照片上有很多人，朋友兴致勃勃，逐一做说明。

我看着这张泛黄的全家福，面对朋友的详细介绍，情不自禁想起，在过去的岁月中，不知有多少人，指点着照片上的人物，津津有味反反复复说着故事。朋友的母亲，照片上的小姑娘，现在已经是八十多岁的老太太，显然从有这张照片开始，她就像我的朋友那样无数遍地介绍，单调的话题被无数遍地重复，这是谁，那又是谁，谁谁谁当时怎么样，后来又怎么样，先只是说给和她一般大的小朋友听，说给来访的其他长辈听，渐渐地，小姑娘成了大姑娘，该有男朋友了，如果不是自由恋爱，那就听从媒妁之言，订了婚，然后就成了别人的新娘。

不妨想象一下，在蜜月里，新娘向新婚的丈夫描述这张老照片，该是个多有趣的场景。全家福光辉灿烂的过去和幸福美好的前景，在蜜月里时隐时现，真实和想象在时空中交流。以后有了儿女，小姑娘天真的眼光，终于转变成一个母亲的口吻。再以后，做祖母了，再以后，又做了曾祖母，时光流逝，照片上的人物故事，在她口头继续流传，一遍又一遍地追忆重复。

我注意到照片角上斜着的一行小字，那是照相馆的地址和广告。“容丰照相，南京贡院东街，电话八八一”。显然是一家老字号，电话号码还只有三位数，从为照片配制的硬板上，就可以知道这家照相馆很讲究做工。照相馆知道人家拍了照片，拿回去要悬挂的，因此，不仅要拍得好，拍完了，配套还必须要跟上去。过去人家的堂屋中，一个搁照片的镜框是少不了的。很多人家都喜欢搁那种四世同堂的照片，再也没有什么能比这大团圆更能反映家庭的和睦与兴旺。家和万事兴，通常拍这种全家福都会择一个好日子，譬如长辈过生日，又譬如小辈中谁刚从国外学成归来，全家福在一开始就注定有纪念意义。

和全家福异曲同工的是集体合影，集体合影是对外拓展，是家庭的延伸。全家福向人们展示的是一个家庭的风貌，是窥探家庭的一个窗口，而集体合影却反映了一个人的社交圈子，反映了一个人的社会地位和文化程度，是历史上的某一段经历，个人的某一段生活。从那些合影者的庄重表情上，就可以看出门道。很多集体合影，注定应该具有不可小觑的历史意义。集体合影在审美上天生有缺陷，无一例外都是太严肃，太一本正经。和全家福相比，集体合影常常缺少一些人情味。集体合影总是难逃呆板的厄运。可以构成集体合影的机会很多，某某大楼奠基或竣工，某某大学本科或速成班结业，某某会议，某某要人接见。在这么一大群人中间，总有些混阔了的人，可以拎出来说一说。因此若有机会和名人合照一张照片，将是一件十分幸运的事情。

照片印好了以后，一式多份，各自珍重保留。有的照片上人实在太多，密密麻麻，必须用针尖小心翼翼地指点着加以注解说明，才能让别人连蒙带猜，说这原来是谁谁谁。集体合影是一个有身份有地位的人所不可缺乏的重要生活内容之一。对于达官贵人来说，这是赏脸给人一个机会，来头越大，有关他的集体合影就越多。同时，集体合影也是人们炫耀自己过去的一个证明。很多人都乐意把自己的毕业照，把同某某名人的合影，挂在家中最为显眼的地方。这种集体合影通常可以成为家庭装饰的一部分。

从集体合影上也可以看出当时的时尚，譬如摄于 20 世纪 40 年代的一张“义诊图”，看起来就十分有趣。照片上那么多人，几乎每一位都把脸部肌肉绷紧了。这是把整个医院都集中到了一个画面上，从挂号处到外科、内科、针灸科，从医生到病人，应有尽有。柱子上悬着一副对联，只能看清楚一半，“行善举先要不沽虚名”，下一句由于光线反射，看不出来。画面构图对称，又不过分呆板。像这样的照片，今天就是打算模仿，也困难。

又譬如摄于 1947 年的“穿童子军服的孩子们”，由于缺少必要的文字说明，我只知道拍摄这张照片的时间和地点，地点是在南京。对于这样的照片，也许根本用不着解说。根据我的想象，这似乎是一些难民的孩子，他们光着脚，脸部表情上透露着淡淡的忧伤。如果他们的父母还健在，如果他们的童年十分幸福，他们就绝不会用那样的神情看着摄影镜头。

老照片中，最能流露出一些自然而然情绪的，还是人们郊游时的留影。过去照相机不像现在这么普及，大家出去玩，真正拍照留念的机会并不多。那年头，爱好摄影的人常常会有不务正业的公子哥嫌疑。由于女孩子一般都喜欢拍照，因此会拍照就等于多了一项勾引女孩子的小手段。

我便听说过一个不正派男人的故事，他是一个从德国回来的留学生，学的是医，归国之后，挂的牌子却是“精通中西医学”，儿科妇科内外科，什么病都敢治。他们家祖上大约是开药铺的，来头尽管不小，医术显然不太高明。在20世纪30年代南京的报纸上，屡屡可以看见他登的行医广告，但是他的诊所很不景气，终于开不下去了。

后来，他便在报纸上登广告，说自己有两台德国的照相机准备出让。再后来，诊所不开了，干脆开了一家照相馆，专门替人拍照。他属于那种典型的好色之徒，只要是美女，就不收钱，拍了照片，放大了，放得满橱窗都是。结果是开照相馆也不赚钱，好在他有些家产，也不在乎，只要漂亮的女孩子源源不断，他就认赔下去。据说他收藏了几大本美女照，而那些美女照下方印有一朵小梅花的，则表示这美女和他关系非同一般。

有很多关于这个男人如何不学好的传说，他吃喝玩乐一辈子，在“文化大革命”前生病死了。他死了以后，妻子将他的美女照相簿付之一炬，烧得精光。“文化大革命”轰轰烈烈来到了，红卫兵小将抄家，从天花板上搜到一本不知猴年马月拍的裸照，不同的女人，各个角度都有。这些裸照介于艺术和淫秽之间，其中当然也有他妻子的写真。裸照事件一度成为最轰动的新闻，他妻子寻死觅活，因为这些罪证活生生的，想抵赖也抵赖不了。这件事给我留下的印象很深，虽然是道听途说，忍不住就会想到那个不学好的男人。有一段时间为了写小说，我翻阅旧报纸，还特地留心寻找他当年登的广告。

我上中学的时候，正好是“文化大革命”的中后期，那年月用不着认真读书，想干什么就干什么。记得我常去一个比我长几岁的朋友处玩，上面提到的那位不学好的男人的故事，最早就是这位朋友告诉我的，因为他是参加抄家的红卫兵小将之一。他这时已是一个年轻的电工，住在一间破旧的房子里，挤在一个大院子角落，也就六七个平方大小。那时候我喜欢摆弄半导体收音机，遇到问题，缺少什么元件，就到他那里去请教。这是个性格有些孤僻的人，不太愿意和别人交往，也许他觉得我比他小几岁，懂的比他少，因此有什么话憋在心里，喜欢对我说。

朋友母亲的骨灰盒，长年累月搁在吃饭的桌子上，每次去他家，我都感到一种说不出的不自在。我不明白他为什么要这样做。对于死人，我从小就有一种极端的恐惧，上学时，遇到有地方出殡，总是赶快绕路。他发现了我的恐惧，有一天当着我的面，将骨灰盒不当回事地塞到床肚底下。然而，我仍然感到别扭，原来搁骨灰盒的地方，隐隐约约地总让我觉得还有什么存在着。此外，挂在墙上的一张老照片，让我不寒而栗。我始终害怕一个人待在朋友的房间里。

墙上挂着的，是他母亲年轻时的照片，那时候她刚上大学，梳着好莱坞女演员似的发型，清纯，健康，而且富贵华丽。她的眼睛滴溜溜发亮，明澈的目光遍及小屋的每一个角落。我记得自己当时无论站在哪个角度，只要抬起头，总能感觉到那活生生的目光。我永远也无法把那美貌的年轻女人，和已经移到床底下用红布裹着的骨灰盒，有机地联系在一起。照片上充满青春活力的女大学生，和这破旧不堪的小房子，和这冰冷的骨灰盒，显得太不协调。那双含情脉脉的大眼睛，注视着每个看照片的人，那微微翘着的小嘴唇，有一种蒙娜丽莎的神秘笑容。

关于朋友母亲的故事，我是在后来才逐渐弄清楚的。我的朋友知道我当了作家，感叹之余，就喜欢把他母亲的故事说给我听。他的母亲是大户人家的千金，那成片的房子是她的陪嫁，这些陪嫁后来都被没收了，她和自己的儿子只能在原来的院子里搭一间简易的小房子居住。很多可以证明那段历史的老照片已经不复存在。据说她当年很喜欢拍照，都是男友的杰作。她的男友是国军的军官，喜欢摄影，常常带着未婚妻一起去郊外。那时候，他们开着一辆敞篷的美式吉普。有一次，男友让未婚妻开车，结果把车子开到了小沟里，花钱雇了好多当地的农民，才把吉普车从干涸的小沟里弄出来。

年轻的国军军官不知道为女朋友拍了多少照片。他的拍摄技术并不高明，也许拿了个照相机到处跑，仅仅是为了讨女朋友的喜欢，照片上的人总是很小，小得和画面不成比例。他的摄影技术进步得很慢。不久，他们结婚了，去照相馆拍了结婚照，又不久，青年军官上了战场。他是学机械工程的，没人说得清楚他在部队具体干什么事，反正很快就阵亡了，接到过一张阵亡通知书，究竟是怎么死的，谁也不知道。后来又传说他做了共军的俘虏，传说他去了台湾，从此就再也没有消息。

朋友的母亲后来和一个三轮车工人结了婚，以后生下自己的独生子，就是我的朋友。这是一场没有丝毫爱情的婚姻，夫妻间经常吵，有时候甚至还动手打架，打得很激烈，结果两人终于分开了，也谈不上离婚，母亲带着儿子搬出去住，把所有的爱都倾注在了儿子身上。一段时间里，过去年代里拍摄的老照片，成了母亲唯一的安慰。到后来，她的神经开始有些不太正常，有一天，她无缘无故勃然大怒，烧掉了所有的老照片，然后得了一场并不太严重的病，说死就死了。她死了以后，朋友从她过去的老同学那里，借了一张两寸的小照片，送到照相馆翻拍，然后又放大，挂在墙上作纪念。

在民间的相册中，差不多每张泛黄的老照片，背后都有故事。这些故事有的很曲折，有的很乏味，但是随着时间的冲刷，都有可能被赋予全新的意义。和老照片有关的故事，可以找到许多。记得还是在读中学的时候，去学校的路上，调皮胆大的学生，常常以捉弄一个住在沿街的老太太来取乐，他们用小石子往老太太的房间里扔，扔进去，听见有什么东西被打碎了，赶快逃之夭夭。老太太被这些坏孩子们折腾得实在够呛，她不得不奋起反击，在放学之际，凶神恶煞地守在那儿，一有学生走近便破口大骂，有时候干脆拎了小棍子，歇斯底里地追出来。

几乎所有从那条街上走过的孩子，都知道老太太的故事。这属于那种最容易流传的故事。老太太年轻时是秦淮河的歌女，她当时很漂亮，这一点，挂在她房间里的照片可以作证。一张被放大的玉照，放在一个木头镜框里，永远正对着沿街的窗口，人们从街上走过，情不自禁地就会驻足观望。那是一张人工着色的大照片，是老太太年轻时的芳容，唇红齿白，扯着极细的眉毛，看上去十足的艳丽风骚。我们那时候什么都不懂，不知道歌女是干什么的，给她取了个绰号叫“女特务”，因为我们看过的一部电影，有个女特务就像她那样漂亮。

关于老太太年轻时的故事，像长了翅膀的小鸟到处飞翔，好事不出门，坏话传千里，人们忍不住就要议论，说老太太年轻时怎么样怎么样。几乎所有知道老太太故事的人，都知道她和自己的养父生过一个女儿，这个女儿一直叫她姐姐。解放以后，歌女做不成了，于是这一家人就搬到了这条街上来住。后来不要脸的老头死了，老太太的“妹妹”也离家出走。

我已经记不清老太太是什么时候离开人世的，也记不清自己什么时候就突然明白了歌女的含义。我只知道她孤零零地过了一世，在晚年，调皮的中学生和她作对，她也像恨贼似的痛恨那些中学生。她生活中没有爱，却充满了莫名的仇恨。她死了以后，身份不明的“妹妹”来过一趟，匆匆来，匆匆去，有没有把挂在墙上的那张老照片带走，不得而知。老太太的故事终于在这条街上消逝。有一次做梦，我梦见自己又走在上学的路上，醒来以后，我感到最吃惊的，是竟然还梦到了那张挂在沿街窗户里人工着色的老照片。

散落在民间的老照片，是窥探过去历史的窗户，从这一扇扇窗户，我们踮起脚来，可以遥望过去，可以展望未来。未来离开不了过去。那过去的一切，因为已经成为过去，都将成为亲切的回忆。我喜欢翻阅民间的老相册，老相册里有太多直观的历史资料，那些有时候看上去漫不经心的历史镜头，都是当它们已经永远失去、已经不可重复的时候，才会显得出奇地珍贵。

只有一切已经变得不可挽回之际，我们才会突然发现，那些看上去极不起眼的发黄的老照片，那些落满时间痕迹的老相册，会突然爆发出谁也预想不到的生命力。在老照片面前，许多文字都变得苍白，许多解释都显得没有必要。照片上的人物，永远活生生顽强地存在着，他们记录了过去年代里短暂的一瞬间，这些短暂的瞬间，已经成为永恒。

1997 年

怀念中的汤山风情

春游良可叹

三十年前的初春，读大学三年级，课程谈不上紧张，无聊得厉害。一连下了好多天雨，又冷又湿，终于拨开乌云见太阳。我们决定逃课，出去郊游，寻找阳山碑材。

在这之前，拜访过南唐二陵。那年头，南京郊区很多景点尚未开发，没高速公路，甚至没柏油马路，地图上也查不到，书里只是淡淡写了几句，你冒冒失失去找，真不一定能找到。那年头的荒芜，今天很难想象，没一点保护，没任何开发，南唐二陵像两个废弃的小煤窑。两扇斑驳的木门紧锁，想进去看看，有人告诉我们该去哪找钥匙。然后就进去了，没电，也没带电筒，点个小火把，胡乱地看了几眼。

阳山碑材距离公路不远，中学时下乡劳动，在附近村子住过，耳闻不曾目睹。快到目的地，不要问阳山碑材，当地人弄不清楚，要问坟头。你一问坟头，立刻有人会告诉怎么走，坟头是地名，据说当年开采碑材，死了很多人，都埋在这，因此坟头名气更大。

找到了坟头，很快可以见到阳山碑材。村民会说你看见那山坡吗，走过去就是，我们觉得非常了不起的人类文化遗产，当地人眼里，也就是几块光秃秃的大石头。穿过山间小路，拨开挡路的树枝，一直往前走，废弃野外的阳山碑材，突然出现在你的面前。接下来，不需要再用文字来描述，面对一个世界级的奇观，心情将豁然开朗，思绪会十分活跃。

无论南唐二陵，还是阳山碑材，当年的印象都非常美好，非常深刻。它们形象地解读了南京，是古城的最好标本，南唐小朝廷的孱弱，大明永乐王朝的强盛，有这两个景点作证，足够说明问题。六朝以来，南京始终在孱弱和强盛之间徘徊，“无情最是台城柳，依旧烟笼十里堤”，因为有了它们，想怎么解释南京的历史都行，可以说强悍，也可以说怯懦。

最值得回味的是未开发前的那种原生态，这是春游可遇而不可求的境界，荒凉也是一种美，给人产生的震撼，远非用围墙圈起来所能相比。这两个地方后来都不止一次去过，可惜已被开发，被保护，有幸成为了公园。有时候，一个景点的开发和保护，会变成一次更大的破坏，我并不是抗议收费，而是感叹太多的人工，太多的这个那个，失去了让游客浮想联翩的历史沧桑。

一年四季在于春，春游犹如品新茶，要抓紧时间，要趁着年轻。非常怀念三十年前的那些春天，那些能有所发现的郊游，至今仍让我激动不已。毫无疑问，春游要带点春天气息，要稍稍花点力气，要别出点心裁，有发现，才有喜悦。

也不用走很远，在南京的周围，就可以。

怀念中的汤山风情

有朋友到来，问什么地方最有南京情调。我想了想，说大约还是在怀念之中，譬如玄武湖中山陵，名气很大，来头不小，你匆匆地去看了，未必就看出什么好来。情调和调情不一样，这玩意不是说来就来，说有就有，要有些准备，要有些积累。情调也是文化，想附会风雅，没文化不行。

上世纪九十年代，在台湾的一次聚会，几位大妈冒出了一口字正腔圆的南京话，我十分惊讶。是群官太太，老公官职不大，混得不算太差，也好不到哪里。当年出嫁，总以为嫁了青年才俊，傍着前途无量的金龟之婿，没想到离乡背井，再也见不到爹娘。要说都是好人家的女儿，娇生惯养，读有名的女子学校，接受别人羡慕的贵族培养。一口纯粹的家乡音，无端透着一种自信，我们今天都觉得南京话老土，人家却十分得意，毕竟当年的首都口音。

我让朋友想象这样的场景，漫步在大街上，一不留神，你看着蒋委员长拉着宋美龄的胳膊迎面走来。又看见一个人似乎脸熟，等他缓缓走过去，你才想起来，刚刚那位竟然是李宗仁先生。民国的这些大腕根本不担心暗杀，他们很悠然地行走在街上，连个保镖都没有。

然后再告诉你，这地方就是汤山，是抗战之前，距离今天七十多年。那是此地最辉煌的年代，欣欣向荣，因为有可供沐浴的温泉，就有了蒋委员长和党国大佬们的别墅。周末或者假日，天朗气清，达官毕至要员咸集，游目骋怀登高望远，别有一番风情。

汤山的历史可以追忆很久，最吸引人，莫过于袒裼裸裎，沐浴小憩。三五好友走过林荫小道，浸泡在温柔乡，好掌故的会告诉你，哪栋小楼才是委员长当年的茅庐。别墅不稀罕，关键是洗鸳鸯浴，温泉水滑洗凝脂，委员长可惜太瘦了。我不知道现在对外是否还开放，改革开放初期，很长一段时间，只要你肯花点钱，就能泡在委员长夫妇浸过的温泉池里。

有人说，那就是大名鼎鼎的陶庐。有人说不是，是张静江公馆，送给蒋委员长的新婚贺礼。都是专家之言，都言之有据，老实说我也搞糊涂了。事实上，今天见到的蒋介石温泉别墅，气派非凡韵味十足，都不是旧日原物，原建筑早在抗战时毁坏。

怀念中的汤山最适合叙述民国盛世，最能见证一段繁华神奇。仿佛命中注定，南京这城市能享受的照例是过眼烟云。渔阳鼙鼓动地来，日军铁骑入侵，国破家亡。瞬间于是永恒，盛世不再，欣欣向荣的汤山风情，立刻戛然而止。夕阳下，当年的抗日碉堡仍然错落，钢筋水泥堡垒太坚固，成了抹不去的前朝遗物。

汤山，意犹未尽

从地图上看，南京与上海杭州三足鼎立，形成一个三角形。实际距离是杭州略近，只不过坐火车去杭州，要绕路经过上海，于是大家印象中，都觉得上海更近一些。

上世纪三十年代，竺可桢先生被任命为浙江大学校长，他的家在南京颐和路一带，对分居两地很有些犹豫。好在有小汽车，来去也还算方便，走宁杭国道，到杭州只要六个小时，两头奔波吃点苦，也没什么大不了。他是学科学的，做事认真，路上的时间正好用来思考问题。又喜欢随手做笔记，记得有段文字特别有意思，他记录途中所见，发现这一路市区除外，二百多公里行程，共遇见自行车七辆，驴车三辆，货车六辆，由此可见当时的国道，真是空空荡荡。

那时候的宁杭国道标准很高，从南京家中出发，半个小时就能到达汤山，实在太方便。二十一公里路程，出中山门，开足马力，不一会便到了。要知道这汤山在老百姓的心目中，总是有些特殊地位，因为党国要员们的别墅都在这附近。山不在高水不在深，有人杰则地灵，有大官便名声远扬，因此是地方就有掌故，随处都可以八卦。

大人物别墅中，最喜欢黄栗墅草房。名人别墅照例要起个像样的名，名如其人，闻其名犹如见其人。譬如蒋委员长的汤山别墅，因为是“行宫”，“圣驾下榻”之处，都不知道应该怎么形容，怎么说都冒昧，非要竖招牌，只能写上“蒋介石温泉别墅”字样，毫无个性色彩。

稍雅些的是戴季陶的“望云书屋”，一听这名字，就知道是个能读书，或者说准备读书的地方。不过话说回来，别墅称之为“书屋”，雅是雅了，仍然有几分矫情，有一点摆谱。

我猜想于右任先生的“黄栗墅草房”，不是随口就来，一定是再三琢磨。能有个浑成的好名字不容易，首先要现成，汤山附近得有个黄栗墅的地名。现如今走高速公路，每当经过黄栗墅服务区，便有下去休息的冲动，虽然那“草房”早无影无踪。也许最初还考虑过“草堂”，有点向杜甫致敬的意思，也可能设想过“草屋”，最后定名为“房”，声音响亮。当然最关键还是与书法有关，大家都知道于右任是当代“草”圣。

汤山的温泉又名“圣汤”，洗了可以超尘拔俗。抗战胜利后，当时的省主席王懋功花了 48 根金条，在这附近买了一栋别墅，改名为“劲园”，同时又在后面置了墓地，准备终老长眠，没想到很快国共大战，解放军百万雄师已浩浩荡荡过了大江。

汤山之下有泉

话说天宝年间，刘长卿同学京城赶考，住进一家小温泉旅馆。正赶上玄宗冬狩，带着杨贵妃去华清池，那个浩浩荡荡的阵势，刚走出家门的刘长卿目瞪口呆。“汤熏仗里千旗暖，雪照山边万井寒”，此情此景落诗人眼里，照例得来几句。

唐朝好诗人太多，琳琅满目俯拾即是。往往会弄混，王二成张三，李白错为杜甫。刘长卿名气不小，生卒年月至今也不清楚。我能记住他的诗，因为最后两句有些励志:“且喜礼闱秦镜在，还将妍丑付春官。”那意思是说，考试如明镜一样公平，你是骡子是马，漂亮或者丑陋，能否进清华北大，够不够一本线，最后由分数说了算。

看来唐朝的考生也差劲，和今天相比，潇洒不到哪里。学而优则仕，所谓科举，与考公务员差不多。上大学时，老师讲堂上解释《长恨歌》，念到“温泉水滑洗凝脂”，突然语无伦次，一个劲咂嘴，半天说不出话。然后引经据典大谈凝脂，偏偏我生性迟钝，肆无忌惮开始走神。凝脂的形容一点没让人联想到美丽，恰恰相反，只有一种黏糊糊的感觉。

我想起了自己第一次在南京的汤山洗温泉，那是“文革”中，正上初二，全班下乡劳动。地点离汤山镇不远，也不知道是谁发动，男生女生稀里糊涂都去了。那岁数的男孩正处于发育阶段，赤裸相对，便会有些嬉笑的不雅话题。与众不同总是要被讥笑，先笑有，后来再笑无。

往事如烟，温泉成为大众的休闲享受，只是近年的雅事。汤山离南京不远，就在郊区，都知道那里有很好的温泉，因为交通不便，真正能去的机会并不多。在过去年代，冬天沐浴是一件大事，能洗个热水澡就很不错，还要想念温泉，这太奢侈了。

一直觉得唐玄宗挺不错，如果没有安史之乱，他的文才武略，并不逊于乾隆。遥想大唐盛世，皇上赐浴乃最高奖赏，无论男女，能跟圣上一起泡个温泉，死也值了。“蒙恩每浴华池水，扈猎不蹂渭北田”，很显然，玄宗十分愿意与民同乐，他知道洗温泉很爽，时不时会开恩让大家一起爽。

时过境迁，中国人的生活突然好起来。上海一位朋友电话里说，你们南京人真舒服，双休日可以去汤山泡温泉，过一下帝王生活。我无话可说，聊了一会，很吃惊地发现这位上海人与时俱进，早已是汤山温泉的熟客，远比我这老南京知道得多。

据说到双休日，汤山温泉池里都是说吴侬软语的上海人。作家陈村曾戏言，南京乃上海郊区。这话看来没错，南京是郊区，南京的郊区自然不可能再例外。

2011 年 6 月

江南，天堂和生态

江南给人的印象总是湿漉漉，绿油油的，弥漫着水汽，可是只要手头有个地球仪，像小学生那样用手指按着转一圈，就会发现在江南这道纬线上，很多地方都是沙漠。专家告诉我们，隆起的青藏高原挡住了什么风，于是美丽的江南有了今天。

生态这玩意无所谓好坏，适者生存，优胜劣汰，今天说起某地的生态好或者不好，通常都是以人为本，夹杂着太多的人类观点。人既然有幸处在生物链的顶端，我们的评判难免自说自话，难免有点霸王条款。人说江南好地方，都这么说了，它就是个好地方。

在秦汉之前，江南并不是很好，天下分成九等，江南排在最后一位。那时候西部的人很牛，看不起东夷，北方人也很牛，眼里基本上没有南蛮。江南的生态并不宜人，杂草丛生，野兽乱跑，夏天残酷的热，冬天非常的冷，用蛮荒这两个字来形容一点都不过分。

时至今日，虽然空调已相当普及，每到严冬烈夏，江南人仍然叫苦不迭。江南能成为好地方完全得力于人工，汉人在北方失败了，狼狈地逃到江南，于是就大开发，北方的生产技术被引进，北方的生活方式开始流行。河流被整治，良田被开垦出来，东晋以后，江南开始富裕，开始越来越适合人居。江南的落后地位终于变了，大家不再轻视，不再觉得此地原始和野蛮。

说起一个地方的生态环境，首先是强调它的自然属性，但是我们的内心深处，还是忽略不了一个贫和富。因此生态说到底，既是自然的，也是非自然的，对人类来说，纯粹离开了人的生态并不存在。以苏州为例，我们心目中的那个“水陆相邻，河街并行”，这个良好的传统并不是天生，它显然得力于人工。宋朝时金兵大举入侵，把城市破坏得不成模样，苏州人索性推倒了重来，引水进城，有计划地开凿一条条河道，构成了非常完善的城市交通系统。太湖在城西，大海在城东，湖水潺潺东流，前街后河家家临水，从此便成了日常生活的情景。

把生态理解成适合人居无疑有些狭隘，不过自东晋开发江南以来，总体的路数还是和谐的。古人讲究天人合一，江南的发展虽然缓慢，这里的老百姓能安居乐业，似乎众口一词。“人人尽说江南好，游人只合江南老”，大家提到江南，都是一个好字，要不就是离不开一个富字。鱼米之乡也好，富得流油也好，在老百姓心目中，幸福指数首先还是一个温饱问题，有了这个，下一步才是享受和发展。春来南国花如秀，雨过西湖水是油，江南不止是一个风光秀丽，毕竟好看还不能当饭吃。

幸福的另一个重要指数是比较，别人饥寒交迫，自己还有点温饱，这就是最大的快乐。多少年来，江南一直以鱼米之乡自豪。江南人喜欢卖弄自己上缴的赋税，古人是这样，现代人还是这样，只不过把赋税改称为 GDP。上有天堂，下在苏杭，江南人自恃富裕，永远也改变不了感觉良好的毛病。

事实上，多少年来，江南一直存在着一个过度开发的隐患。此地是中央财政的支柱，自从有了大运河，江南的财富源源不断地被运往北方，如果大运河是中国古代交通的大动脉，那么流淌的便是江南的血浆。江南人是天生的劳碌命，习惯可以成为自然，大家难得去仔细品味，为什么苏杭是天堂，这话究竟是什么人说的，又有什么样的深刻含义。

对于中国的老百姓来说，“天堂”不仅仅是有多富庶，它还有一个更重要的衡量指标，这就是应该能够远离战乱。江南自古以来便是太平的年月居多，宋朝时期中原地区战事频繁，民不聊生，大批难民纷纷避祸南下，他们来到江南，看到一片和平景象，便产生了一种恍若来到天堂的感觉。苏杭像天堂最初正是出于难民之口，由此可见，这个谚语的隐含是一种辛酸和无奈。

开发永远是一把双刃剑，自东晋以来，由于生产力水平限制，江南的总体发展还不太能对生态造成致命的毁坏。没有必要过分地夸耀古代江南的繁华，事实上只要国泰民安，到处都可以成为天堂。而且仅以繁华二字看，古人和今人各有千秋，东南西北都有特长。今天的江南正在创造前所未有的经济奇迹，同时也以惊人的破坏力，迅速改变此地的生态环境。一方面，江南比过去更有钱更阔；另一方面，原有的小桥流水，原有的迷人风光，正一天天减少和消失。

身在福中不知福，天堂往往是别人眼里的感受。在现代人心中，逝去的江南永远是一个痛。不要说唐诗宋词，也不要说元曲和清朝的小说的描写，就算是几十年前的江南，如今也已无迹可寻。工业化城市化彻底颠覆了鱼米之乡，大片的水田没了，那些翡翠一般的禾苗曾经是最好的湿地，在不经意间调节着江南湿热的空气。

潮汐没了，河水不再流动，水面也不再有波澜，水污染触目惊心。农民兴高采烈地住进了小楼，房子一个劲地拆了盖，盖了拆，到处都是脏乱的工地。绿色的竹园基本上没了，成片的桑园没了，农村的概念眼见着就要不复存在。

也许江南的过去，并不是真正的天堂，但是今天的生态，正在不可逆转地恶化。江南人最勤奋，江南人最能吃苦，如果一味勤奋和吃苦，只是走向事物的另一面，这结果实在得不偿失，这后果其实很严重。

以人为本是社会发展的底线，也是我们必须要追求的终极目标。历史地看江南，因为人工，它变得美好，变得越来越人性化，而现在要做的，就是不能再人工地将它变得更糟，变得越来越不人性化。

2008 年 1 月 11 日　南山

江南文脉

江南文人以才子著称，有才自然是好事，然而被称作才子，不一定都是表扬。人们常说文人无行，“无行”则是才子们的恶谥。民间老百姓眼里的才子大都属于唐伯虎一类，地主老财奸污丫环使女是恶霸行径，唐寅调戏秋香便是风流。文人无行的说法有一层宽宏大量的意思，好比说小孩子不懂事，偶尔闯祸捅些纰漏，不是什么了不得的大错误，用不着太当真。狗天生要吃屎，文人尤其是才高八斗的文人，似乎有干坏事的专利，有和女人调笑的特权。无情未必真豪杰，唯大英雄能本色，一头扎进脂粉堆里不出来，这样的江南文人可以找出很多。

放浪形骸似乎是中国文人的一个传统。难怪范仲淹在《岳阳楼记》中要振臂一呼，号召大家不要自说自话，胡乱找借口，要“居庙堂之高则忧其民，处江湖之远则忧其君”，人生无论是否得意，官场或进或退，都不能失其人文精神。风流得理直气壮，这是不对的。国家兴亡，匹夫有责，读书人一头栽在女人身上，整日风花雪月，儿女情长，结果便只有亡党亡国。

在六朝之前，江南并没有什么出色的文人，大文人没有，甚至小文人也不多见。江南仿佛小商品批发一样地出文人，这都是后来的事情。孔子孟子是北方人，庄子是北方人，古时候有名有姓的，差不多都是北方人。江南像样一些的文人最初也是北方人，永嘉南渡，大批士子拖儿带女，一下子全跑到江南来了。江南文化在一开始就是北方文化的缩影，因此，江南文人骨子里还是北方文人，这北方是失败的北方，是异族大举入侵时仓皇南逃的北方。

北方汉人逃往南方是迫不得已，那时候的江南，经济谈不上富庶，文化十分落后。南渡以后，北方文人成了南方文人。既然是失败的北方，就谈不上什么强秦雄视天下，也没有一点点西汉的恢宏广大，聊以自慰的一点魏晋风度，因为接二连三掉脑袋，迅速堕落变质，只剩下一些空谈和装疯卖傻。六朝虽然紧接着魏晋，在文风上看似一脉相承，然而骨子里其实就只有软弱两个字，史家所谓“气格卑弱”。南来诸人无所作为，唯一的发泄机会，便是在饮酒游宴时，面对良辰美景，哭着说：“风景不殊，正自有山河之异！”

江南文人所继承的，正是这种颓败的北方文人的传统。古老的吴越文化，究竟什么样子，江南文人其实并不清楚。根据吴越争霸的态势看，春秋时期的吴人和越人，并不像后来那么柔弱，吴王夫差一度称雄为霸，越王句践卧薪尝胆。成者为王败者寇，越灭吴，楚亡越，秦始皇统一中国，江南的民风一变再变。都说是一方水土养一方人，而人是可以流动的，北方人来到南方变软弱了，这只是一个错觉，因为来南方之前的北方人，已经没有多少硬骨头。

苏东坡称赞韩愈“文起八代之衰”，在唐宋八大家中，没有一个江南文人。江南文人在六朝，过足了文字游戏的瘾，骈四骊六，锦心绣口，一个个都成了花架子。“八代”之文未必像苏东坡说的那么衰，那么一无是处，说骈文中没有好文章，绝不是事实，但是骈文的路越走越窄，发展到后来，完全忽略了思想意义，只去堆砌华丽的辞藻，玩弄稀奇古怪的典故，音调声韵方面的限制越来越多，便一头钻进了死胡同。

江南文人在后来的隋唐以及北宋仍然没有太大作为，经济上，江南似乎再也不会萧条，已成了名副其实的鱼米之乡，但是文化上仍然不得不仰望北方。唐诗中不缺乏江南人，大诗人几乎和江南无缘。根据《中国大百科全书》的人名统计，唐朝人才分布的比例，排名前五的是陕西，河北，河南，山西，山东，江苏虽然排名第六，很多人才都是江北人，像徐州和海州，完全应该算作北方。同属江南重镇的浙江，竟然排名于甘肃之后，差不多只是排名第一的陕西十分之一。

宋朝南迁和西晋东移，原因差不多，结果也有很多相似。都是失败的大逃亡，骨子里都缺钙，都有软骨病。江南文人似乎只有处在尴尬的地位上，才有大显身手的机会，而后人探讨“国民性”，检讨中国人的种种毛病，追溯其源头，大都喜欢从宋朝南迁开始。到本世纪三十年代，罗家伦在南京就任中央大学校长，在演说中提出了“诚，朴，雄，伟”的学风，所谓雄，是“要纠正中国民族自宋朝南渡以后的柔弱萎靡之风”，换句话说，就是要补钙，要治软骨病。

江南文人在南宋时期，并没有走六朝文人的老路，历史不可能简单重复。江南文人中，既出秦桧，也出陆游这样的爱国诗人。爱国诗成了江南文人创作的重要主题。南宋诚然无法和大唐相比，宋诗当然没有唐诗的雄浑，但是宋人用自己的脚，走出了新路。宋诗自有文学史上的独特地位，这一点，钱钟书先生的《宋诗选注·序》评价最为精确。南宋军事上算不上强大，文化艺术却不能不说厉害，宋词前无古人后无来者，音乐绘画都达到了前所未有的高度。江南文人此时已羽翼丰满，不是一句“江郎才尽”能轻易打发。

宋以后的江南文人，差不多成了一支职业军团。能插上一脚的地方，都能见到江南文人忙碌的身影。官场上，有各种大大小小的俗吏，得志的和不得志的，挤成一团。风月场合，酒楼妓院，达客贵人的府上，富商的后花园，江南才子们大显身手。写诗，填词，玩小曲，画几笔文人画，编几出传奇剧，江南文人一个个都是才子，在家是有名的居士，出家是有名的高僧，而且天生适合帮闲的角色，做清客，做讼师，做慕僚，甚至做账房先生。

江南文人在明清两朝科举中如鱼得水，取得了骄人成就。江南出文人，首先表现在科举上。逐鹿中原，舞枪弄刀，这不是江南才子们的强项。才子的刀枪是手头的一支秃笔，这支笔未必能得天下，却可以捞个官做，混碗饭吃。学而优则仕导演了一场和平的战争，不流血，一样刀光剑影。明清两代，一是汉人统治，一是满人当权，就科举而言大同小异，是一丘之貉。江南文人成了应试的常胜将军，在明代，浙江和江苏能入《明史》的列传人物，占据了前两位，进士及第人数分获第一和第三，中状元的人数占第一第二。到了清朝，江浙两省势头更猛，尤其是江苏的苏南，已明显超出自宋明以来一直排名于前的浙江。清朝一共只有一百一十二个状元，苏南的仅苏州一府，就出了二十五人。

江南文人在考场上，证明了自己的价值，就其根源，还是和江南的经济繁荣分不开。经济是基础，有了这样的基础，读书人才有出头之日。然而经济基础和科举得意，并不能完全证明江南文人如何了不得。事实上，江南文人如果没有思想支撑，永远都是酒囊饭袋。

江南文人的黄金年代是明末清初，这一时期的大动乱，知识分子获得了统治阶级想管，又暂时管不了的相对自由。这时候出现了顾炎武，出现了黄宗羲，明末清初的江南文人很会闹事，因为会闹，所以很热闹。清因明制，恢复了科举，江南文人从羞答答，逐渐过渡到神采飞扬地走向考场。为出仕读书已经成了一剂毒药，这就是为什么明亡之后，会有那么多党人先投李自成的大顺军，继而又跑到清人那里去做官。官场的诱惑深深伤害了江南文人的灵气，有些人似乎也明白这种弊端，因此一味地清高起来，或寄情于山水，或闭门不出，两耳不闻窗外事，声色犬马，管他亡国不亡国。

明末清初的江南文人，或进或退，都有严重问题，进则厕身官场，结党营私同流合污，退则隐居江湖，逍遥逃避醉生梦死，江南文人始终找不到理想支柱，找不到精神上的最后寄托。当国家这部机器一步步失去控制，作为先进的知识分子群体，在这种历史性的崩溃面前，江南文人中的大多数不仅无能为力，更糟糕的是没有任何作为。为了保住自己可怜的脑袋，江南文人开始做起死学问，这是坏事，也是好事，做死学问的直接结果，就是造成了乾嘉学派的横空出世。

在清代三百年的学术思想史中，江南文人又一次体现了人多的优势，平心而论，清朝的文化繁荣，可以和欧洲的文艺复兴相比美，清朝文章学术之盛，集中国几千年封建社会之大成，“汉唐以来，未有其比”，诗、词、小说、古文、小学、天算、地理、水利，都是前朝所不能比拟，而这种繁荣，江南文人功不可没。

西津古渡

到了镇江，如果觉得肚子饿，先去吃一碗锅盖面。民以食为天，人是铁饭是钢，吃饱了才有劲，才能干好正事。你可以找个熟悉的当地人询问，哪家面馆人气最旺，哪家锅盖面最地道，最具有代表性。也可以不求人，借助手机上网搜索，求救百度浏览点评，这样的面馆应该有很多，很可能就在你身边。据行家介绍，现如今镇江的锅盖面馆不少于两千家，其中大约只有五十家，味道才能称为正宗。不少“吃货”到镇江玩就为了吃碗锅盖面，它们是真正的大众美食，价廉而物美，江苏境内要评最好面条，锅盖面一定榜上有名。

有一碗锅盖面垫底，可以直奔西津古渡了。到镇江，不吃锅盖面，不看一眼西津古渡，基本上算是白来。再做个减法，锅盖面也可以不吃，西津古渡不能不看。为什么呢，因为这里有着真正的中国文化，而且还是文化中的精华，温故可以知新，访古能够得道，西津古渡是个很好的历史标本，是一块年代久远的活化石，你来了竟然不看一眼，太可惜。

当然，如果时间来得及，你也可以顺带去别处看看。镇江的好风景差不多集中在一起，沿长江一字排开，最适合时髦又实用的一日游。现代化的交通便利，能让你不经意间，最大附加值地看到很多风景。你不妨先去焦山景区，匆匆看一眼《瘗鹤铭》，中国书法史上有着特殊意义的一块碑，笔法之妙为“书家冠冕”，对后来的书法影响巨大。焦山碑林在全国排名第二，能紧随著名的西安碑林排在老二，可见收藏丰富，同时又必须精益求精。

看过大名鼎鼎的《瘗鹤铭》，你便可以飘然而去，接着上北固山。北固山上有北固楼，“何处望神州，满眼风光北固楼”，千古江山英雄难觅，当年毛主席他老人家坐飞机经过镇江，看着下面的美丽景色，感慨万千得意非凡，立刻让秘书笔墨侍候，默写出了两首宋人辛弃疾与镇江有关的诗词。北固山上还有甘露寺，刘备曾在这里招过亲。如果你更喜欢民间神话传说，干脆再接着去金山，在金山寺花钱烧一炷香，想象一下许仙，想象一下白娘子，想象一下法海。法海是金山寺的开山祖师，他居住的地方叫“法海洞”。

然后你就应该去西津古渡了，说起镇江，最应该向大家隆重推荐的一定是这个地方。还是那句话，你可以不吃锅盖面，不喝恒顺的老陈醋，甚至不去最著名的那三个“山”，但是一定要去西津古渡，这里才是重点，才是最大的代表，你一定要去。也不用往太远处引用，就说说唐诗宋词，有意无意间，你肯定会遭遇到这个西津古渡。一个古字不是随便说说就是，没有响当当的来头不配称之为古。

说中国历史，谈华夏文化，没有名人便没办法说事，李白、杜甫、白居易、王安石、辛弃疾，反正古诗词里能留名的那些显赫人物，南来而北往，都会在这留下他们的足迹。人过留名雁过留声，遥想当年，一个历史上查不出生卒年份的唐诗人张祜在这候船，闲极无聊，靠吟诗打发时光，在墙壁上涂鸦抒发情怀，结果一不小心，便留下了一首千古绝唱：

> 金陵津渡小山楼，一宿行人自可愁。
> 潮落夜江斜月里，两三星火是瓜州。

西津渡又名金陵津渡，为什么会有这样一个名字，后人真还搞不太明白。百度有解释，说“唐朝镇江名金陵，故称为金陵渡”。显然有点不靠谱，唐人写镇江的诗很多，把镇江称为金陵的例子并不多见，同时期写南京的唐诗很多，说起金陵都是特指南京，譬如李白《金陵酒肆留别》“金陵子弟来相送”，毫无疑问与镇江无关。金陵是南京，金陵渡在镇江，完全两回事，千万不要搞错。起个名字固然有原因，也用不着太较真，名字就是名字，后人不知道就不知道，弄不清楚也没多大关系，牵强附会反而错上加错。上海天津武汉的最繁华地段，都有南京路，“南京”二字没什么特别意义，也就是一个民国特色的取名而已。

为了更好地了解西津古渡，你最好能够看一眼中国地图，看一看滚滚长江如何向东流。人们印象中，万里长江像一条龙，从西边蜿蜒过来，一路向东，很少有人会去想，它最北面的位置在什么地方。当然是在长江下游，就在江苏境内，就在镇江。镇江是长江的最北端，从江西的九江开始，长江以一个很大角度向北偏移，这意味着镇江像个牛头那样，有力地顶向了北方。

西津古渡恰恰在这个关键位置，就在牛角尖上，它是整个江南的最北，在纬度上，甚至要比安徽的省城合肥更偏北。合肥早已远离长江。说它属于北方城市也算不上什么大错，近现代历史上的当地名人李鸿章李合肥，段祺瑞段合肥，习惯上都觉得他们已是北方人。

若没有中国文化知识，不知道历史和地理，没时间概念，没空间意识，西津古渡的意义会大打折扣。除了一条仿旧的石板古街，一家家砖木结构的店铺，一栋栋飞檐雕花的客栈，一个元朝的古塔，一些洋人留下的老房子，那是英国人的领事馆，还有一大群见了生人都不知道害怕的野猫，你可能什么也没看到。

你会想不明白地追问，长江在哪，古渡口又在哪，为什么这些似曾相识的旧门面，旧街道，就应该具有特殊意义。名人走过的地方太多，到处都可能有他们留下的印迹，不就是一个准备过江的古渡口吗，不就是留下几首大家会唱的古诗词吗，万里长江能过江的地方太多了，南来北往，凭什么就应该是这个渡口最有名气。

好吧，那只能再往前说，“晋楚更霸，赵魏困横”，事实上西津古渡的重要性，直到东晋南迁，才真正开始体现出来。永嘉之乱让司马氏的王朝摇摇欲坠，中原开始水深火热。大批北方难民纷纷逃往江南，其中有个叫祖逖的好汉，率亲族宗党几百家一同南迁。那时候，坐镇南京的琅琊王镇东大将军司马睿俨然成为朝廷代理人，他任命祖逖为徐州刺史，这显然是个虚空头衔，不过是做人情封官许愿。因为此时北方的徐州早已落入敌手，是沦陷区，祖逖人在江南，只能望江兴叹。

二次世界大战爆发，法国的戴高乐将军逃到英国，组成了流亡政府，那时候好歹还有人有钱有枪，还有同盟国做后盾，祖逖的境遇相差太多，没人没钱没装备，基本上就是一个光杆司令。司马睿发给他一千人的食粮和三千匹布，让他自己渡江去招募军队，能做到哪一步算哪一步。几乎是以卵击石，结果祖逖不畏艰难，不怕流血牺牲，从西津渡出发了，渡江北上，船行至长江中间，面对浩瀚江水，他敲着船桨说：

祖逖不能清中原而复济者，有如大江！

他的意思是说，如果不能收复中原，我就不再回来了。这便是著名的典故“中流击楫”，多少年来，人们很少去追究此次北伐是否成功，甚至对祖逖具体在什么日子渡江，也没有确切记载。

对于中国人来说，表现的只是一种精气神，东晋南迁开始了长达260多年南北大分裂，“风萧萧兮易水寒，壮士一去兮不复还”，“中流击楫”传承了荆轲的精神。发生在镇江江面上的这个故事，不仅有勇士赴汤蹈火的壮怀激烈，在中国大历史上，还体现了汉族文化以中原为核心的王道思想。

诸葛亮《后出师表》的所谓“汉贼不两立，王师不偏安”，并不是尖锐的民族矛盾，不过是把与“汉朝”相对峙的政权称之为贼，更多的是一种权力冲突。东晋南迁之后，尤其是南宋仓皇北顾，权力斗争已演变为一种激烈的民族对抗，习惯于强势的中原汉族政权转为劣势，处于明显下风，镇江的军事桥头堡作用立刻彰显出来。退必须守，进可以攻，镇江在，江南还在，镇江已失，江南不保。

战乱年代如此，和平岁月也一样重要，这里是江河要津，对面就是北方大运河的入口，我们都知道，大运河是古代中国的经济命脉，北去南来，你都得从这个运输的大枢纽走过。西津古渡自始至终离开不了一个实用，如今的实用当然变得不实用了，交通上的重要地位不复存在，功能完全改变。事实上，西津古渡已沦为摆设，只是一个人文景观，正在派着别的用场。

西津古渡成为一块文化上的金字招牌，成为穿越时空的一个门洞或者一扇窗户。我们都知道，所有的访古注定都会有现实意义，长话短说，还是那句广告词，到镇江旅游，西津古渡一定要去。在这里你会遭遇摆脱不了的历史，这个历史中不仅有遥远的过去，很可能还会有未来隐约的身影。

2014年10月31日　河西

为什么不去宝华山

有个爱玩的朋友，有一天很严肃地问我，为什么身边的人都不去宝华山，为什么很多人没去过。我一下子傻了，不知道如何回答，爱玩总有爱玩的道理，不爱玩自然有不爱玩的说法，我们为这事争了半天，唇枪舌剑，也没争出个名堂。

朋友说到了宝华山的种种好处，譬如乾隆皇帝七下江南，竟然六上宝华山，这皇帝又不傻，不是好地方，他老人家也不会去。离南京只有几十公里，离仙林新区更近，再往前滚一点就到，这年头自驾游很热，有车的都快比没车的多了，为什么不能一窝蜂都去玩玩。有了车，人的活动半径明显增大，你总不能一直待在市区，双休日跑远了太累，一头扎进宝华山森林公园，这是多美的一件事。

朋友的观点让我无言以对，好地方没人去，好风景没人看，本来也是常事。好花不常开，美女嫁丑男，女孩子读了博士就嫁人困难，这些都是没办法的事，没有遗憾就不能够称作人生。提到南京的风景，一般人都认为玄武湖中山陵，好像这地方天生是供游玩的，其实历史上并不是这样。明朝的时候，你要是跑到这两处去兜风，弄不好便会掉了脑袋。历史上的南京人更愿意往南边去，春天来了，出中华门去踏青，这是正道。

《儒林外史》中就有太多记载，南京人以风雅闻名，从来就不怕玩物丧志，读书人爱赏风景，贩夫走卒也喜欢游玩，除了跑到中华门外，春牛首，秋栖霞，是个日子都有讲究，是个风景点便不肯放过。南京人爱玩向来有传统，借扫墓拜访坟亲家，看海棠，赏菊，到处放风筝，当然我说的都是过去，那年头出门并不方便，要想跑远一些，就得要坐轿子坐马车或者骑毛驴。南京人好像很少骑马出去玩，什么原因我也说不准，也许只有当兵的才骑马，要不就是当大官的，我见过清朝官员骑着马在明孝陵前拍的照片，骑在马上太威风了，一看就不像个玩的样子。

说过去的南京人爱玩，当然也很可能只是我个人的观点。不过有一点可以肯定，今天的南京人与前辈相比，显然已经不怎么爱玩。当然，我说的爱玩是指出去看风景，是纯粹的游山玩水，不是打麻将，不是泡茶馆，也不是去 KTV，更不是那种法律不许可的娱乐。人各有志，爱不爱玩本是人身自由，绝不可一味强求。大千世界，人人爱玩有些麻烦，都不爱玩也麻烦。并不是什么人都爱玩，也不是什么人都爱看风景，就举眼前的例子，就说说我楼下的紫藤，到开花季节，那一大片灿烂，那一阵阵清香，还是有人没看见没闻到，以至于有邻居会问，紫藤开过花了吗，它真的香吗。

这也许就是人们不愿意去宝华山的缘故，不说别人，先说自己，我也是前几年才第一次去。下了一场大雪，去汤山泡温泉，有人告诉我们应该先去宝华山看看，开车说到就到。于是就去了，山路上还有积雪，太太是新手，心里不免紧张。很快进山到了隆昌寺，过去一直以为它叫宝华寺，看了门匾才知道错。隆昌寺是座非常有特点的小庙，南朝四百八十寺，江南有好看的寺庙并不稀罕，但是隆昌寺绝对值得推荐，大小适中，古意盎然，而且一定人少。印象最深的是一个大天井，那是我在寺庙中见过的最大天井，四周被建筑所包围，屋顶上的雪正在慢慢融化，噼里啪啦往下滴水，很整齐的一串串一排排，就像挂着珍珠的帘子。

当时就想，就感慨，南京附近居然还有这么好的地方没来过。自忖也是个贪玩的人，要说造访，周围的好地方也算去过不少，南唐二陵，阳山碑材，古龙泉寺，都是在尚未开发时就去拜谒。我总喜欢向别人卖弄，当年去南唐二陵，是到生产队长家去拿钥匙，然后自己点着火把进去。那个荒凉，那个意境悠远，说给别人听都不相信。

还是回到开始的话题，为什么不去宝华山，说白了是因为现在不爱玩了，想玩的心思不够。今天大家常会出门旅游，有钱的动不动还出国，这并不能完全证明就是爱玩。旅游有时候只是花钱，是时髦，是单位的福利。有人打电话给我，说你写过不少关于南京的文章，屡屡谈及周边风景，请随口推荐一个能去玩玩的地方。我不由得想到了宝华山，春天如此美好，阳光这般灿烂，如果已去过，就当我没说，如果没有，不妨去休闲踏青。

2009 年 4 月 4 日　南山

常州印象

对常州的印象，总有点匆忙。记忆中的第一次印象，在我十岁的时候，正是“文化大革命”第二年，到处乱得不得了，是地方就在武斗，我去江阴路过常州，下了火车，急匆匆去长途汽车站，记忆中当时气氛非常紧张，空气中仿佛都有火药味，路上老听说什么地方打死了人。

以后有过好几次去常州的机会，都是去江阴时路过，因为是路过，每次一定匆忙，看一眼就走。我有个不太准确的印象，就是好像在常州坐过黄包车，是黑颜色的，喇叭是一捏就怪响的橡皮球，声音很刺耳，很怪。我不敢肯定这个印象的准确性，因为那是一种梦幻般的记忆，模模糊糊，并不太真实。天知道常州有没有过这种黄包车，如果有，也记不清楚自己当初为什么要坐。坐在黄包车上，很像是属于剥削阶级的人士，那年头穷人万岁，难道还会有这种为剥削阶级服务的车。

第一次有机会真正品尝常州，是在读研究生的期间。那一次去常州看高晓声叔叔，完全是心血来潮，也不知怎么就想到了他，糊里糊涂人已到常州。下火车以后，站在大街上，突然发现自己忘了带地址。这是一个不能原谅的错误。时间是下午三点钟，我一时真不知道怎么办才好。好在还能依稀记得桃园新村几个字。附带说一句，至今也弄不明白是桃园还是桃源，反正读音一样，问路时也不至于发生误会。

我这人经常出这样的洋相，有一次，给高晓声寄信，地址上漏写了常州两个字，只写了江苏桃园新村某某号收，结果信辗转了一个月，居然还是寄到了。高晓声后来见了我就说：

“这种事，只有你，亏你做得出。”

常州人热心地用很生硬的常州话为我指路，软绵绵的吴方言中，常州腔始终给我留下生硬的印象，很有力，很有叛逆精神，像树棍子一样是僵直的。我已经相信自己能找到高晓声，热心的指路人给了我充分信心。一路看着野景，建设中的常州城像一个大工地，到天黑时，终于到了桃园新村，短暂惊喜之后，面对着成排的麻将牌一样的高楼，我又一次发愁。连续问许多人，大家七嘴八舌，都不知道他住在哪。

高晓声在常州名气自然很大，家庭住址是个人隐私，不是什么人都知道。天越来越黑，我肚子也越来越饿，幸运的是，最终还是找到了高晓声。一位穿制服的高个子民警，像审讯小偷似的，好一番盘问，检查了我的研究生证，仔细验证证件上相片，然后告诉我确切的门牌号码。荒唐的是，高晓声竟然就住在前面的第二栋里。这一次给我留下的深刻印象就是，相比之下，常州毕竟还是个小城市。像我这样贸然行事，不清楚地址到处相撞，如果在上海去找巴金先生，在北京去找王蒙，或者是在华盛顿找克林顿，在巴黎找德斯坦，恐怕也就没有这样的运气。

我对常州最好的印象，是那次陪汪曾祺一行游玩。那次一起游玩的都是父亲辈的老朋友，除了汪老先生外，还有黄裳先生和林斤澜伯伯，还有我父亲和章品镇先生，自然还有东道主高晓声叔叔。都是些很有文化的文人，凑到了常州，兴趣立刻是访问古迹，拜谒先贤遗址。常州向来是人文荟萃，扳起指头数一数，能说出一大堆来。

我们首先去了唐顺之的旧居，那地方当时正拆迁，大片大片的房子都拆了，只剩下孤零零的和废墟差不多的一小撮。记得黄裳先生很激动，很孩子气地说：

“这不能拆，不能拆，应该保留。”

那时候正在为这房子究竟拆不拆打官司，我们是过路客，不过随便动动嘴而已，也没太当真，说过就走的，也不知道后来到底有没有保留。

看了看赵翼故居，见到了那个让人感慨的楠木大厅。大厅依稀还有点旧时的繁华，落满了灰尘，割居而住烧着蜂窝煤的，都是赵瓯北后人。我很冒昧地问他们是不是都姓赵，一位中年妇女非常骄傲，说我们当然都姓赵。赵氏子孙中，有个很让人羡慕的现代学者赵元任。赵元任后半生一直生活在美国，曾经回来过一次，不知道他看见祖先留下来的已经斑驳的楠木大厅，会产生什么样感想。又看了两当轩，有点简陋和寒酸，不过和赵瓯北的楠木大厅比起来，我似乎更喜欢穷困潦倒的黄仲则。

黄裳先生坚持要去看恽南田的墓，自然是在乡下，陪同的人不好意思说太远，一再说没什么可看的。结果还是去了，见到了那个荒芜的坟丘，大家免不了一番感叹。纪念馆的人知道汪曾祺和黄裳先生擅书法，硬拉住了一定要写字，于是就写，我在旁边老老实实地看着，写了什么，已记不清，只记得一写好赶快上车，因为天都黑了，大家都饥肠辘辘。

我清楚地记得那是一个让人愉快的秋天，吃了好几次螃蟹。那是一九八六年，螃蟹已经很值钱，吃了就不太容易忘。螃蟹不是常州的特产，不值得多花笔墨，可以说一说的，是酒醉饭饱，汪曾祺先生画了一幅螃蟹图，然后大家都在上面胡乱签字。螃蟹图画得非常棒，可惜好马不能配好鞍，一帮不会书法的人，硬是把那幅画给糟蹋了。

常州好吃的特产是麻糕，就在吃螃蟹的同一家馆子，我们天天都少不了吃这玩意。常州麻糕的味道和螃蟹一样让人难忘，能者多劳，汪曾祺的书法好，名声也大，店家便拉住了写匾。结果汪曾祺写了“常州麻糕天下第一”几个字，我怎么也忘不了他写最后一个字的神态，笔整个地横了过来，像扫帚一般用劲一划，大家在一旁齐声叫好。

我想这块匾后来如果没有挂出来，那可就太可惜了。

2008 年

无锡印象

一

一看到无锡，一看到太湖，就知道我们已经又回到江南。“细看造物初无物，春到江南花自开”，说到南京，说到苏州扬州徐州，无锡多少会有些不服气。无锡地方不大，却向来也是个自负的城市，特别是进入近现代，在经济和文化方面做出了很大贡献，成就非凡。中国地图出版社出版的《中华人民共和国分省地图集》，介绍的江苏的主要城市，无锡就排在了第二位。

当然，这个排名不能太当回事，多少年来，无锡似乎一直在为排名努力，譬如汽车牌照的编号顺序，无锡一直以自己的汽车牌照为荣，因为它是苏 B，紧排在省府南京的苏 A 后面。按照其他省份的惯例，通常都是在省内排名老二的城市，才可以享用“B”的头衔，广东的深圳、山东的青岛、辽宁的大连、浙江的宁波，无一例外都是这样。可是因此就说无锡在江苏排名老二，恐怕连它自己也会信心不足。

1982 年公布的第一批国家级历史文化名城，江苏有三个名额，它们分别是南京、苏州、扬州。对于这个名单，无锡人没有话说，排排坐吃果果，南京是省城是六朝古都，苏南的代表是苏州，苏北的代表是扬州。到 1986 年，第二批名单又出来了，江苏占了四个，苏南是镇江和常熟，苏北是徐州和淮安。

这一次，仍然是让无锡人无话可说，区别在于，上一次是不能不服气，这一次却是根本就不服气。不服气也没用，名单是专家评出来的，有着相对严格的评选标准和程序，不认也得认。最让无锡人心中酸楚的是，国家级历史文化名城之外，还有相应的低一级别的省级历史文化名城，也是评了两次，一共有五个，仍然没有无锡。

无锡在历史文化名城上的走麦城，无疑是一个非常深刻的教训。千万不要以为无锡人不在意评选，或者说不擅长拉选票，事实上，在过去的许多年里，无锡是地道排名大户，几乎“横扫”了所有与城市实力相关的奖项与头衔，却唯独与“历史文化名城”的称号失之交臂。当国家历史文化名城的数量已经超过 100 个，无锡甚至连省级历史文化名城都还未“沾边”，是可忍，孰不可忍。

这其中最主要的原因，当然不是无锡没有历史，没有文化，只能说是没有保护好历史，没有利用好文化。自改革开放以来，无锡的经济增长一直处于高速发展状态，它的人均 GDP 始终位于江苏的前两名，仅次于它的另一个强劲对手苏州。在最新的县级市百强排名中，无锡的江阴市名列第一，而在过去，曾经的无锡县后来的锡山市，曾经连续三年占据排名第一的位置。这把老大的座椅直到锡山市撤销，变成了锡山区和惠山区，才很不心甘情愿地交出去。无锡现在辖六个市区，两个县级市江阴和宜兴，江阴的排名一向稳居最前列，宜兴略微差一点，在最近几年，也是连续进入了前十名。

历史文化名城的落榜让无锡人大丢脸面，改革开放以来，在经济发展的主旋律下，无锡可以说是得风气之先，纵横驰骋成果辉煌。然而历史文化名城，不仅仅是一个荣誉，它是一座城市历史印记，是荣誉和个性的综合体现。很显然，一座没有辉煌历史的城市，一座没有优秀文化传承的城市，一座不能汲取先人精华的城市，就像现代化河流之上的浮萍，在竞争日趋激烈的国际舞台，很难站稳脚跟，更谈不上大显身手。

痛定思痛，既然有那么强大的经济实力，为什么不能在历史文化方面多下些功夫。现在，省级历史文化名城的头衔，已经落入无锡囊中，正在紧锣密鼓地申报国家级头衔。无锡的政府显然已经意识到了自己过去的不足，亡羊补牢犹未为晚，一位文化官员谈到未来的理想图景，曾信心十足地对外界宣布，“以后漫步在无锡，一个个充满历史底蕴、有丰富内涵的博物馆、纪念馆、名人故居、历史街区和文化遗存会不时呈现于眼帘，我们这座江南古城将充满浓郁的人文气息。”

二

无锡有史籍记载的历史，可以追溯到3000多年前，据说当时的周太王想立自己的小儿子季历为继承人，长子太伯为成全父意，借口南往衡山为父采药，带着二弟仲雍远奔江南。太伯作为一个外来者，赢得当地土著居民的拥戴，被推为了领袖，于是筑城于无锡的梅里，号“勾吴”。

太伯奔吴，可以看作是中原跟江南的一次文化沟通和融合，相传太伯是一位很不错的领导人，他带领百姓兴修水利，发展农耕，开凿了长数十公里的太伯渎，还栽桑养蚕制陶冶铜，“数年之间，民人殷富”。太伯史称吴太伯，他死了以后，其弟仲雍继承事业，史称吴仲雍。周灭商后，大封同姓诸侯，因太伯无子，周武王追封仲雍的五世孙周章为吴伯，建吴国。从太伯至阖闾共24世，前后600多年，这期间，无锡的梅里一直是吴国的都城。

苏州人说起自己的历史，不外乎“阖闾大城”，要不就是吴王夫差，仿佛这吴文化的代表，非己莫属，谁也别想过来争抢。不管怎么说，相对于卧薪尝胆这样的故事，太伯奔吴实在太久远了一点，而且也没有什么戏剧性。可是无锡人也有自豪的地方，苏州人再牛，毕竟你的老祖宗还是在我这里起家。无锡的梅里是吴文化的发源地，这个可是谁也抹杀不了的一段历史。在无锡鼋头渚公园的绝壁上，有一块著名的摩崖石刻，上面写着“包孕吴越”四个大字，这是由清朝的书法家廖纶所书。用心十分明显，在无锡人心目中，太湖流域不仅孕育了江苏的吴文化，也孕育了浙江的越文化。

无锡这两个字最早是出现在战国末，当时这里是楚春申君黄歇的封地，《越绝书》中有春申君“立无锡塘，治无锡湖”的记载。无锡正式成为地名是在汉代，在汉高祖五年设县，也就是公元前202年，在那时候，无锡县已是会稽郡的26个县之一。

至今为止，关于无锡这两个字的来历，仍然没有最权威的解释。无锡有一座山叫锡山，“无锡锡山山无锡”，却是当地流传甚广的一句老话。根据文献记载，历史上的无锡曾经有很多锡矿，居民竞相开采，祸乱不断，最后直到锡被开采完了，才恢复了太平。晋代周处《阳羡风土记》上说，“昔有谶云，无锡宁，天下平，有锡兵，天下争。”由此可见，对于老百姓来说，有锡就有祸，没有锡反而是件好事。

根据现代科学勘察，无锡的锡山根本就不具备产生锡矿的地质条件，因此可以肯定，无锡从来就是没有过锡，所谓“有锡平”，不过是以讹传讹。语言学家的研究认为，无锡二字很可能是古越语地名，与江浙地区的许多地名一样，譬如姑苏、余杭、夫椒、句容，都是属于“齐头式”地名，冠首字写法虽然不同，但古音相合或相近，都是古越语的发语词，并没有什么实际意义。这些地名随着古越族与华族的融合，原义渐至湮没，有一部分却因汉字记录了同样的声音而保存下来，后人因为不知其由来，往往会望文生义妄加解释。

也有人认为无锡是“吴墟”的音转，因为太伯建都城梅里，梅里又称吴墟，当然，这也只是一种猜测。

王莽篡汉后实施了新政，他做的一件荒唐事，就是在全国范围内大改地名，毫不犹豫地将无锡改成了有锡。在封建社会，当权者常常喜欢玩这些改换名称的把戏，王莽是想通过改变地名，来改变汉家天下在人们心目中的地位。后汉的刘秀恢复了汉室，他立刻又将无锡的地名再一次改了过来。从此无锡几起几落，这地名基本上就没有再变过，三国时，孙吴曾一度废除无锡县治，到晋太康元年又恢复无锡县建制。

元朝时无锡由县升为州，到了明朝又降州为县。清雍正二年，无锡被分为无锡和金匮两县，进入民国以后，两县合而为一，重新复称无锡县。1927 年国民政府定都南京，无锡县直属江苏省。1949 年中华人民共和国成立，城郊分置，市区部分为无锡市，郊区部分为无锡县，市属于省里直接领导，县则由苏州地区管辖。1983 年 3 月 1 日开始实行市管县体制，无锡市开始管辖无锡宜兴江阴三县，这以后，三县先后升为县级市，无锡县更名锡山市，又拆为锡山区和惠山区。

三

关于太湖的形成，地质学家有不同的观点。持潟湖说的观点认为，远在 5500 多年前，长江三角洲基本上还不存在，那时候长江是在镇江一带入海，钱塘江则在杭州附近入海，江南的海岸线是在今天的奔牛、金坛、溧阳、宜兴至浙江的长兴一线。随着长江和钱塘江携带的大量泥沙，形成了冲积沙嘴和三角洲，长江南岸与钱塘江北岸的沙嘴逐渐合拢，中间低洼地方的海水慢慢淡化，便形成了古太湖。古太湖应该是一个巨大的湖，现在江南的有些湖泊离太湖已很遥远，譬如太湖以东的淀山湖和阳澄湖，以西的滆湖和洮湖，当年与古太湖曾经是同一片水域。

与潟湖说认为太湖由大变小不同，构造说的观点是太湖由小变大。持构造说的学者强调地壳运动，他们认为随着新构造运动，本区破碎的地壳一直处于振荡的轻微升降之中，在断裂破碎比较厉害的地方，形成了小洼地，也就是说太湖平原缓慢下沉，先后形成了几个小湖，即司马迁《史记》中提到的五湖，所谓游湖、贡湖、胥湖、莫湖、菱湖，由于继承性新构造运动的影响，这五个小湖进一步扩大，终于不复存在，消失在茫茫的太湖之中。

太湖古名震泽，是中国的五大淡水之一，长约 68 公里，最大宽度 56 公里，湖水总面积约 2238 平方公里，平均水深 1.9 米，蓄水量为 44.3 亿立方米。江苏的苏锡常三市还有浙江的湖州市，都拥有太湖辽阔的水面，但是在这四个城市中，显然无锡与太湖的关系最为密切。太湖是无锡的招牌，1982 年评出的第一批国家级的风景名胜，全江苏境内只有两处，一处是南京的钟山风景区，另一处就是太湖风景区。相比之下，南京钟山风景名胜区有中山陵明孝陵灵谷寺，多少还有些文化的含义，不像太湖虽然也有些人工建筑，但是更多的还是依靠自然山水。

俗话说无锡之美，美在太湖，太湖之美，美在鼋头渚。鼋头渚是茫茫太湖岸边一块突出去的大石头，站在高处，36000 顷的浩瀚烟波奔来眼底，浓淡相宜的七十二峰缥缈可辨，山外有山湖中有湖，仿佛一幅“天然图画”。天下之山，得水而悦，天下之水，得山而止。宋人曾经说过，“山以水为血脉，以草木为毛发，以烟云为神采，故山得水而活，得草木而华，得烟云而秀媚。”登鼋头渚观太湖，山不高而秀雅，水不深而辽阔，帆影鸥飞，显然再也找不到比这更好的观景点。

在中国的帝王中，恐怕最喜欢游山玩水的就算是乾隆了，他六下江南，在无锡均驻跸惠山寺，曾七次漫游寄畅园。顺便说一句，乾隆的爷爷康熙也是六下江南七到寄畅园，在不到一百年的时间里，寄畅园竟然接驾十四次。与苏州园林的小家气相比，建于明朝的寄畅园要古朴清旷许多，也苍凉婉转许多，这当然要归功于此地的奇特自然风光，难怪乾隆到了这会诗兴大发，前后一共写了二十几首诗。乾隆常被后人讥笑诗写得太多，可是像寄畅园这样一个景点，让万岁爷就留下这么多笔墨的地方，委实也不多见。写诗之外，乾隆还郑重其事地题了词，康熙留下的墨迹是“山色溪光”，直白浅露，写眼睛所能看到的美色，乾隆便掉了回书袋，题的四个字是“玉戛金摐”，写耳朵听到的流泉淙淙如击玉撞钟的声响。

无锡还有一个唐代茶圣陆羽评定的“天下第二泉”，苏东坡曾高度地评价过它，“独携天上小团月，来试人间第二泉”。当然，天下第二泉今天所以被大家所熟悉，不仅仅是因为排名第二，更重要的是瞎子阿炳的《二泉映月》，这首二胡独奏曲被誉为“东方的命运交响曲”。

四

在一般人心目中，无锡人更像北方人所认定的典型“江浙人”。当然，这个江浙要打上引号，应该将江苏的苏北排除在外，再细一些，还应该与同样是在苏南的南京和镇江分开。说白了，无锡人就是那些“跟上海人说话差不多的人”。

苏州人无锡人常州人，跟上海人浙江人一样，同属吴语系统，他们自己觉得说话的口音差别很大，但是北方人听起来都差不多。无锡人不像苏州人那么感觉良好，没有苏州人那种强烈的优越感，毕竟在大上海崛起之前，苏州一直是吴语世界的老大。苏锡常并称，苏州总是排在最前面，一想到自己的历史，一想到自己的政治地位，无锡人就难免感到郁闷。苏州人掰起手指算算，会说我们什么时候都高你一头，当年康熙皇帝刚置江南布政司的时候，苏州是府治和省治的所在地，辖苏州松江常州镇江四府及太仓一州，那时候，不要说堂堂的苏州，就是苏州下属的县级市太仓，也要比无锡牛气许多。

无锡比不上苏州，甚至也比不上常州。多少年来，无锡一直是归常州管辖，元明清每一朝都是这样，常州是无锡的顶头上司，直到进入民国，无锡才有了自己的独立地位，直接归江苏省管，但是它的编制，仍然还是一个县。由无锡县变成无锡市，那还是 1953 年的事情，当时把无锡市区与乡村做了切割，市区部分成为无锡市，乡村部分却仍然称无锡县，在此后的三十年里，像寄养的孩子一样，无锡县先后属于苏南行署、江苏省苏州专区、无锡市、苏州地区领导，到 1983 年 3 月 1 日，无锡县才重新回到无锡市的怀抱。

无锡的土产艺术品中，最负盛名的是泥娃娃，而无锡人念大学，用钱钟书先生的话形容，是最喜欢读土木工程。在长篇小说《围城》中，说到自己的家乡人，钱先生说他的老乡最擅长干三件事，分别是打铁，做豆腐，抬轿子。小说免不了会戏说，不过“铁的硬，豆腐的淡而无味，轿子的容量狭小，还加上泥土气”，就当作是无锡人的民风，也算不了什么大错。

无锡人很容易给人留下一个憨厚老实的印象，上个世纪的前五十年，无锡的荣家可以说是上海滩上最有实力的企业家，荣氏家业的根本，说出来十分可笑，是两个最最基本的东西，这就是面粉加工和纺织业。荣氏的创业者坚信，无论时代如何变化，吃饭和穿衣永远是个基本问题。荣氏家族把复杂的做生意和做实业，完全给简化了。

事实真相当然不是这样，在那个时代，既不是什么人都可以去做面粉和纺织，也不是什么人都能做好，无锡荣氏能在上海滩站稳脚跟，打出一片天地，这里面有着深厚的学问和门道，绝非三言两语就能说清楚。无锡人的憨厚从来就是一个假象，在苏锡常一带，流行的一句俗语是“江阴强盗无锡贼”，这话只有当地人才明白它的确切含义。一般人看字面解释，总以为江阴是守在江边，长江到这里突然变窄了，近水楼台，很容易抢劫得手，因此便出“强盗”，而无锡人胆小，打家劫舍的活儿不敢去做，只能干些小偷小摸。

必须要强调的，无论是江阴强盗，还是无锡贼，都不应该是恶毒的骂人话。这里面更多的是一种戏谑，是一种善意的玩笑，它想确切表明的意思是，江阴人说话太快性子太急，而无锡人呢，则太精，太精明了。无锡人的这“贼”，不是偷东西厉害的那个“贼”。在苏锡常一带，要说无锡比苏州好，苏州人不会答应，要说无锡人比常州人厉害，常州人不会答应，可是如果说是无锡人最精明，这个怕是不会有什么疑问。

五

在八年抗战之前，无锡荣氏家族的领袖荣德生曾在风景绝佳的太湖边购地 1200 亩，想把上海的复旦大学迁到无锡。这是个很有野心的计划，因为荣德生相信“事业之成，必以人才为始基也”。要办学，首先得有经济实力，荣氏家族既然愿意出钱，经过蒋介石的首肯，当时的国民政府教育部已同意迁校，可惜抗战爆发了，这造福于无锡乡民的大好事活生生地给耽误了。

抗战胜利以后，情况发生了变化，因为各种原因，复旦大学再迁无锡已无可能。这件事情充分说明了无锡人对教育的重视。有两个比较确切的数据，能够形象地说明无锡人的素质，一是江苏城市的文化程度，一是城市的职业人口比重。先说文化程度方面，1982 年的统计数据表明，无锡有大学学历的人，也领先于南京之外的其他城市，不仅高于苏州常州，而且领先了徐州差不多一倍。

到 1992 年，基本情况还是没变，无锡仍然处于领先，每一千人中拥有大学学历的人是 21.07 人，比徐州的 9.18 还是高了许多。大学的创办是要有各种条件的，有相关的政策和相应的程序，并不是谁想办就能办。因为历史的原因，南京的传统高校比较多，应该另当别论，无锡与其他城市相比，在高校数量上并没有优势，它的拥有大学学历的人数多，只能从一个侧面说明这城市更重视教育。

其次是就业状况，城市人群对职业的选择，既是一种生活态度，也反映了一个城市的面貌。统计资料表明，在 1982 年，除了省城南京，无锡市内的各类专业技术人员，商业工作人员，服务性行业人员包括公务员，在数量上都高于其他城市，而在生产工人和运输工人这一栏上，它的百分比甚至超过了南京。与之相反的却是，在农业人口的数量上，无锡比南京之外的其他任何城市都低，远远低于全省的平均数。到了 1990 年，无锡公务员和服务行业人员的百分比，甚至已超过南京，达到全省最高水平，这说明起码是在上世纪的九十年代，无锡的城市化程度在江苏是相当高的。

上世纪初，上海经济迅速发展，人口开始暴涨。当时的上海还没有完全独立建市，大量江苏人不断涌入。一份人口调查的资料显示，在1900年，上海公共租界里有14.19万江苏籍人口，到1935年，已增加到59.12万人，35年间增加了45万人。1950年1月的统计数据表明，全上海498万人，江苏籍人口有239万，占48.06%，上海本地籍75万，浙江籍人口128万。这个数据还无法精确显示究竟有多少无锡人在上海打拼，但是有一点可以肯定，无锡人在上海的一定不会占据少数。众所周知，无锡人在上海办厂或者做工，这曾经是非常普遍的事情。

数据虽然有些枯燥，往往可以简单明了地说明问题。上世纪八十年代以后，苏锡常也进入了一个经济迅速发展时期，这其中有个很重要的原因，就是借助上海的辐射。这期间，在上海的大量江苏籍人员开始用各种方式回报乡里，或提供相关技术，或直接退休回乡发挥余热。苏南模式中举世闻名的乡镇企业，没有上海的技术支持，显然要大打折扣，或者说根本就不可能。当然，无锡的优势，其实也就是苏锡常的优势，就像语言上的差异一样，在外省人看来，甚至是在苏北人看来，他们的不同并不是太大。在上海的江苏籍人士中，苏南的打工者中，有很多都是技术工人，他们掌握着工业时代的先进技术，正是因为有了这些技术，这些游子们回报家乡父老的美好愿望，才变得完全有可能。

苏锡常三强鼎立，这是江苏经济发展史上的一个奇迹。虽然苏南一带是传统的发达地区，但是长期以来，依靠的都是农业，只有在改革开放以后，靠乡镇企业打开缺口，获得可持续发展的第一桶金，苏锡常才谈得上是真正的快速发展。苏锡常互相竞争，只是无锡在某些时间段里，显得更突出一些，享受的“苏南模式”的成果更多一点。

2008年

苏州印象

吴侬软语

苏州人和南京人最大的不同，是他们总会想到自己是苏州人。南京人大大咧咧，遇事有些粗线条，咸的淡的辣的酸的，只要是自己没吃过，只要是正在流行，都恨不能品尝一下。南京人吃什么都觉得好吃，都能乐在其中，苏州人正好相反，他们遇事永远认真讲究挑剔，苏州的饮食有自己的独特风格和爱好，不合自己口味的就是异类，非我族类其心必异，因此苏州人喜欢把“这个怎么能吃”的疑问挂在嘴上。

上有天堂，下有苏杭，本来也就是句顺口溜，可是一向自大的苏州人，还真有些被这话给惯坏了。苏州之外的地方，似乎都不太能入苏州人的法眼。一百多年前上海刚开埠，面对大上海的迅速崛起，苏州人表现出了最大的不屑，远远超过了同样喜欢自以为是的南京人。当时上海租界里的妓女，不管本人的真实籍贯是不是苏州，有点品味的红角儿都以能说一口带苏州腔的吴侬软语为荣。这是一种时髦，也是一种姿态，表示来自苏州府的人，说什么也要比上海县的土包子强。

在北方人的耳朵里，苏州话上海话几乎没什么区别，但是这种观点在苏州人看来，简直就是莫名其妙，土得掉渣的上海话怎么能和悦耳的苏州话媲美。上海人曾经因为自己喜欢说“外地人”和“乡下人”被大家诟笑，其实这种自大自恋情绪，在苏州人那里有过之无不及。今天的苏州人仍然有很多还会带着这样的偏见，他们习惯于把不是说吴语的人，统统称之为“江北人”，江北是落后贫穷的代名词，根据这种似是而非的观点，南京人镇江人的江南身份自然而然地就被取消。在天真的苏州人眼里，再远一些的人都是山东人，这个山东人可不只是一个山东省，那意思差不多就是吃葱蒜的北方人了，包括整个中原地区。

苏州人和南京人的共同之处，在于他们都过于天真。南京人是不在乎自己，苏州人是太在乎自己。南京人觉得自己的历史有些来头，苏州人觉得他们的历史更早。大家都可以往前面计算数字，都可以追溯到春秋战国时的吴国，有一种观点认为，南京早在越国时的“越城”出现之前，在今天的朝天宫一带就有个“冶城”，相传是春秋末年吴王夫差铸造兵器的地方，冶城山下还有一座与苏州虎丘同样的“剑池”，时间大约是公元前 495 年，是一座规模较大的古代冶炼作坊，也是南京建城最早的地方，因而被誉为“南京母城”。可惜这种观点并不为专家认同，也没有任何考古发现可以支持，而且就算是能够成立，苏州却早在吴王夫差的爹称王时就已经建成了“阖闾大城”，时间是公元前 514 年，迄今已有 2500 多年的历史。

秦始皇统一中国以后，苏州始称吴县，此后或称吴国，或为吴郡和吴州。反正一旦提到“吴”这个字，就不能不以苏州为代表。吴方言区曾经是一个很大的区域，即使发展到了今天，吴语的地盘不断缩小，它的区域仍然包含着大半个苏南和苏北的一个小角，包括了浙江大部，包括了上海地区。吴侬软语也许是我们的一种错误印象，“山温水软似名姝”难免想当然，事实上，战国时的吴国能征善战，是著名的春秋五霸之一。中国古代的第一兵书《孙子兵法》，就是吴国的杰出军事家孙武所撰写。

苏州人牛在哪

真往古时候说，苏州算不上什么好地方，譬如汉朝的司马迁眼里，中国土地分成九个档次，苏州的所在区域，属于让人感到尴尬的最后。后来江南大开发，到了唐宋，这里逐渐牛起来，经济开始起飞。于是天下财富数这地方最多，所谓“江南居十九”，国家财政收入的十块大洋，有九块是江南的贡献。江南不是苏州一家，但若没有了姑苏这道菜，这桌宴席怕是也没办法弄。

朋友们聚在一起聊天，想不明白苏州为什么能一直这么牛。历史文化名城中，发达的城市有一大串，唯有苏州保持的亢奋状态最为持久。三十年河东，三十年河西，苏州人一旦阔了，似乎再也没有穷过。这究竟是为什么，大家各抒己见，我的观点是苏州人沾了两个光，一是善于规划，二是有富贵传统。

好的规划莫过于九百年前的苏州再造，那时候金兵来袭，好端端的一个城市破坏得不成模样，苏州人索性以城外的河湖为依托，引水进城，有计划地开凿了一条条河道，构成了非常完善的城市交通系统。传统中国民居都是坐北朝南，太湖在城西，大海在城东，湖水潺潺东流，前街后河家家临水，便成了此地日常生活的情景。

我们心目中的那个苏州，通常都是“水陆相邻，河街并行”，这个传统并不是天生，它得力于人工，靠的是历史上一个好规划。好的规划可以有上千年的深远影响。其实就城市功能而言，老苏州早已遭遇了太多的现代化障碍，而解决这些棘手问题的出路，说白了就是只能再造一个全新的苏州。螺蛳壳里做不出道场，要想继续做一只经济的领头羊，必须要有新的好的城市规划。

苏州人说起自己的高新开发区，眉飞色舞情不自禁。经济腾飞在有着富贵传统的苏州人那里并不算奇迹，但是今昔对照，面对一系列惊人的统计数据，那种强烈的自豪感仍然按捺不住。一位苏州官员告诉我们，有钱的洋人很乐意把银子拿到苏州来，为什么愿意在这投资，因为这地方有文化底蕴。

不由得在心里感到好笑，想自己这些年不说见多识广，好歹也去过一些码头。说到文化底蕴，中国毕竟是泱泱大国，几千年辉煌历史，几乎没有一个地方不说自己有底蕴。外国人又不傻，他才不会跑到中国来投资文化，情人眼里出西施，洋人老板一眼相中苏州，是看中了富贵传统，看中了这里做事有板有眼，也就是有好的规划，因此才敢大胆放心地过来投资。一个巴掌拍不响，就相当于我们心甘情愿把钱放在银行，不是老百姓手头有钱，是为了这家银行有实力，有很高的利息和回报。

最是红尘中一二等富贵风流之地

“当日地陷东南，这东南一隅有处曰故苏，有城曰阊门者，最是红尘中一二等富贵风流之地。”这是红楼梦第一回中的描写，说到了《红楼梦》就会联想到林黛玉，林黛玉便是苏州人。苏州的文人有名气，苏州的女人也是非常了不得。历史上与苏州有关大名鼎鼎的美女太多，譬如那位在四大美女中名列第一的西施。

倾国倾城的西施本来是越国女子，可就是这位大美人，依靠玩美人计彻底颠覆了强大的吴国。自从西施来到了吴国，美人与苏州的缘分从此就再也分不开。自古红颜多薄命，不许人间见白头，苏州的美人似乎都难逃悲剧厄运，冲冠一怒为红颜的陈圆圆是苏州人，“桃花扇底送南朝”的李香君是苏州人，状元夫人《孽海花》的女主角赛金花也是苏州人。

元朝时期，一个叫马可·波罗的外国人曾经到过苏州，这地方给他留下的印象就是十分富庶。他用“漂亮得惊人”来形容这个城市，在他眼里，人人都穿着昂贵的丝绸，人人衣食无忧。在西方人眼里，马可·波罗绝对是一个中国通了，可是他完全弄不明白什么叫“上有天堂，下有苏杭”，对我们来说如此简单明了的意思，却被他曲解为杭州是“天上的城市”，苏州是“地上的城市”。更为荒唐的是，他认为苏州城外附近的山上，不仅大黄长得茁壮喜人，同时还盛长生姜，而且售价低廉，一个威尼斯银币，可以买到十八公斤生姜。

大黄和生姜显然不是苏州的特产，大多数的苏州人恐怕连大黄是什么玩意，都弄不太清楚。不过有一个信息非常准确，就是那时候的苏州确实已经是不同寻常的富庶。除此之外，苏州与马可·波罗的家乡威尼斯也有不少相似之处，它们都是人家尽枕河的水城，都是在水上大做文章，并且做好了文章。同样是出于人工，与威尼斯不一样的地方在于，苏州城并不是像精明的意大利人那样，把一座美丽城市凭空建造在一排排结实的木桩上面。

苏州城的基本格局，是借助了一条条人工开凿的河道。要想解释清楚这个城市基本格局，举世闻名的宋《平江图》是一份最好的说明书。1129 年金兵南下，原有的苏州古城几乎毁于战火，这是有文献资料以来，苏州城遭受的最大的一次伤害。在其后的一百年间，废墟中的苏州不断恢复和发展，很快又生机勃勃地繁荣起来，当时的郡守李寿朋令人绘制了平江城地图，精细缕刻在一块石碑上。苏州又名姑苏，姑苏之外，用的比较多的就是这个平江。《平江图》是我国现存最早的一幅古代城市规划图，绘图手法是以平面和简练的立体形象相结合，它是国务院颁布的第一批国家重点保护文物。

《平江图》形象地反映了当时苏州的繁华风貌，勾画出了宋代苏州人民的生活景象。苏州城充分利用了水这个自然条件，以城外的河湖为依托，十分大胆地引水进城，在城内有计划地开凿了一条条河道，构成了非常完善的城市交通系统。由于茫茫的太湖在城西，大海又在城的东面，湖水经苏州城潺潺东流，因此苏州城里的河道更多的是东西走向，而传统的中国民居是南北朝向，于是前街后河，家家临水。“水陆相邻，河街并行”，成了古代苏州老百姓的日常生活常态。

苏州人很在乎自己的排名，上有天堂，下有苏杭，苏杭并称，苏州排在前面。苏湖熟，天下足，苏州又排在前面。苏州人因此不能不得意。好事者觉得这些排名并不足以说明问题，不过是为了顺口和押韵。苏杭并称是在宋朝，源于北宋京都开封的一句流行俗语，“苏杭百事繁度，地上天宫”。杭州人认为自己是南宋的首善之地，是天子脚下的京城所在地，他们才应该排在苏州之前。苏州人不认这个道理，他们觉得自春秋以来，一直延续到北宋，杭州都是“僻在一隅未显”，它曾经作为京城是不假，那也就是南宋这个小王朝的事，风物长宜放眼量，考察经济指标，“若以钱粮论之，则苏十倍于杭”。

当然，对于中国的老百姓来说，“天堂”不仅仅是应该有多富庶，它还有一个更重要的衡量指标，是能够远离战乱。苏杭排名之争本来就没什么是非，相比之下，同属吴地的苏州和杭州一样，自古以来便是太平的时间居多，宋朝时期中原地区战事频繁，民不聊生，大批难民纷纷避祸南下，他们来到江南，看到的是一片和平景象，看到的是这里安居乐业，于是产生了一种恍若来到天堂的感觉。

纸上的盘门

对我来说，苏州的盘门最初是个纸上符号，和爱情联系在一起的地名。虽然填写籍贯，习惯上写苏州这两个字，但是直到有一天，去拜访一位住在盘门的姑娘，我才和苏州这座名城，有了真正意义的第一次亲密接触。

记忆中，苏州和盘门差不多是一回事，很长一段时期，鸿雁传情，锦书易托，我把感情全寄托在一张张面值八分钱的邮票上，在信封上一遍遍地写着苏州盘门。那位苏州姑娘，确切地说，那位住在盘门的姑娘，把我弄得神魂颠倒。不知道自己为她写了多少封情书，也许，正是因为这些文字的磨炼，我有幸成为了一名作家。

苏州有许多标志性的东西，它的园林，它的评弹，它的美味佳肴，最能够引起我奇思妙想的却是盘门。那时候的盘门，藏在深闺人未识，通过一道闸门，通过一条窄窄的小河道，把古运河里的水，毛细血管一样引向城市的四面八方。我和家住盘门的苏州姑娘，沿着这些小河道，没完没了走着，脚心走出了泡，鞋底磨穿，人生中最美好的一段时光，都留在了小桥流水之上，都留在桃红柳绿之中。

有一句流行的俗语，叫“年轻时我们不懂爱情”，实际上，年轻时不仅不懂爱情，而且根本就很少有欣赏风景的闲情雅致。随着青春岁月一同消失的，除了这一条条小河道，还有鹅卵石铺成的小径，它们和交叉纵横的河道一样，通向无数条小巷的深处。以盘门为起点，沿着鹅卵石小径，我们浏览了苏州的每一个角落。我用自行车驮着盘门姑娘，她为我指引着路。

苏州城以它的美丽精致闻名。在苏州人眼里，古运河边上的盘门，有着水陆两门和瓮城，这已经足够壮观了。水门傍南，陆门依北，有城楼有城垣，这又是何等的气派。我有时候喜欢和苏州人抬抬杠，尤其喜欢和那位下嫁到南京的盘门姑娘比阔。和南京的中华门城堡比起来，盘门的狭隘，至多也就只能算是个小弟弟。

苏州人是中国最傲气的，必须煞煞她们的威风才行。不过，话又要说回来，以一个城市的古城门而言，盘门这个小弟弟显然是最具有特色的一个。大而无当，盘门从来不以庞大取胜，它的独一无二，它的精致，恰巧是“小是美丽的”的最好注解。

今年春天，与文友夜游苏州古运河，经过盘门的时候，灯火辉煌，同游者一片惊呼。知道行情的人，都在反复念叨它的好，不知道的便想立刻弃舟登岸，一睹盘门芳容。我情不自禁怀起旧来，仿佛重新回到了当年，回到小河边古道旁。纸上的盘门早已不复存在，经过多次维修改造，盘门旧貌变新颜。

“人面不知何处去，桃花依旧笑春风”，既是怀旧，自然免不了一番多余的感伤。

水乡古镇

闻名世界的建筑大师贝聿铭是苏州人，他认为真正的苏州特色就是，“粉墙黛瓦，枕河人家，水道纵横”。自上世纪八十年代开始，苏州的经济高速发展，城市面貌急剧变化，现代化正日新月异地改变着这个千年古城。

时至今日，要想重温当年情景，很有必要到苏州周围的小城古镇去拜访一下。温故然后知新，在这些保留完好的小城古镇中，蕴藏着大量老苏州的影子。苏州附近是古城镇最多的地区之一，围绕在苏州的管辖范围内，具有悠久历史文化的名镇星罗棋布。根据1992年的统计资料，苏州境内共有200多个小城镇互相呼应，平均每42.4平方公里就有一个，比全国平均数的每160平方公里才有一个小城镇高出了3倍多。

苏州的古镇可以追溯到遥远的春秋战国时期，当时的木渎、长桥、太仓、千灯，还都是一些带有军事性质的部落。随着东晋的大开发，尤其是随着隋唐大运河的开通，江南的经济地位日益提高，漕运盐运使得苏州周围的小城镇兴旺发达起来。其中非常著名的有“日出万绸，衣被天下”的盛泽镇，有号称“六国码头”的浏河镇，有花果和鱼米被大家所熟知的东山镇，除此之外，还有黎里、震泽、锦溪、沙溪、虞山等等，这些古镇的共同特点，都是在经济上十分富裕，文化上名人辈出。

当然，今天苏州最出名最有影响力的古镇，无疑是周庄、同里和角直，这三个古镇已成为江南水乡最具有标志性的代表。周庄历史上出过二十多位举人和进士，至今仍保持着大量明清时代的古建筑，以“沈厅”和“张厅”最为著名。沈厅为明代江南第一富豪沈万三的后裔所建，坐东朝西规模宏伟，是七进五门楼。张厅为明代中山王徐达之弟徐孟清的后人所建，潦倒后卖给了张姓人家，是前后五进，一条小河穿屋而过，有“轿从前门进，船从家中过”的独特建筑风格。

同里是江苏目前保存最为完好的古镇之一，建于清末的退思园非常有特色，1986年，美国纽约以退思园为蓝本，在该市的斯坦顿岛植物园建造了一座江南庭院，取名“退思庄”，由此可见它在全世界的地位和影响。同里因为水多，桥也特别多，其中那座被人们叫作读书桥上的“一泓月色含规影，两岸书声接榜歌”的桥联，生动地记录了同里人的勤学苦读之风，同时也证实了当地自古以来的“科名”之盛。

甪直境内有六条玉带似的河流三横三竖地从镇上穿过，吴淞江则沿着镇西流过，构成了一个天然庞大“甪”字，而甪直镇也因此而得名。镇中央有个保圣寺，寺中的唐塑罗汉像被誉为“东亚瑰宝”，相传是唐朝的雕塑家杨惠之所塑。杨惠之与唐朝的画圣吴道子齐名，曾被誉为中国的米开朗基罗，不过杨惠之可要比米开朗基罗早了好几百年。

虽然当地人觉得这些古镇千姿百态，有着很多的不一样，在来自五湖四海的旅行者眼里，仍然还是有些大同小异。旅行者千里迢迢地来到这里，看到的是水乡特色的“粉墙黛瓦枕河人家”，看到的是青石板径木栅小窗，看到的是里巷幽长弄回路转。这些在一个现代化的城市里已逐渐消失的水城景色，终于让他们清晰地看到了苏州的过去。

经济和文化一样，必须要有相当长的历史积累才行。很多人都把江南的富裕，简单地归结于改革开放以后的乡镇企业，简单地归结为一个政策的实施，造访了苏州周围的古镇以后，人们终于不难发现这里为什么会富裕的秘密。

首先，苏州城是处在金字塔的最顶端，它的惊人富裕和繁华，建立在周围小城古镇强大的物质基础之上。说苏州城只是坐享其成有些夸张，但是如果没有来自下面的支持，苏州城的欣欣向荣便要大打折扣。隶属苏州管辖的各个县级市，每一个都是GDP的高手，常熟、昆山、张家港、吴江、太仓，个个都是实力雄厚，谁也不会在上缴利税方面示弱。

在军事上苏州甘罢下风，在经济上敢称老大。江南从来就不是在一夜之间暴富起来，相对而言，这里远离战火兵乱，既不是兵家必争之地，也不是南逃的中原王朝可以建都临时避难之地。在乱世的时候，苏州并没有值得坚守的军事意义，也没有稳定民心的政治意义。通常情况下，只要东南重镇南京被攻破，此地传檄可定。

对于苏州人来说，耕读传家的思想早已根深蒂固，种田，读书，勤劳，刻苦，追求一种和平澹定的岁月，这不仅是此地老百姓的一种生活态度，也成了他们的日常生活习惯。

雨中游同里

一位仁兄欧洲待了几年，回国说去过的那些名声显赫的小城，根本不当回事，说国外也就那么回事，看多了都一样，无非这堡那堡，要参观就那几样东西，市政大厅、教堂、名人故居，还有呢，就是墓地。

他的高论让人想起了江南水乡小镇，这些年，断断续续去过许多古镇，到的次数多了，眼花缭乱，便有些弄不明白。说起来各有特点，但是在我这个粗心的游客看来，大同而小异，看来看去，无非小桥流水，无非白墙黑瓦，沿街的店铺，民俗表演，没有任何特色的旅游小商品。里巷幽长弄回路转，这样的古镇，去也罢，不去也罢。

苏州古镇可以上溯到春秋战国，最初只是一些带有军事性质的部落。随着大运河开通，这一带经济突飞猛进，小城镇便不可思议地兴盛起来。统计数字显示，此地小城镇密度远远高于全国平均数。同里的退思园十分有名，建于清末，1986 年，美国纽约以它为蓝本，在斯坦顿岛植物园建造了一座江南庭院，取名“退思庄”，由此可见退思园在全世界的地位和影响。

我对水乡小镇有个错误印象，一直觉得只适合于北方人参观游览，对于干燥的北方来说，水乡小镇与他们的生活有着太多差异，有差异才能产生美。当然还可以蒙蒙老外，有距离才有吸引力，譬如在同里，你差不多天天都能看到外国人的身影。熟视无睹，事实上，我身边有很多朋友都是来自江南小镇，他们对那些闭塞的生活并没有太大好感，这些地方就是围城，在外面的人想进去，在里面的人想出来。

今年夏天去同里，遭遇了一场罕见的倾盆大雨，顿时昏天黑地，等疯狂的雨势过了，撑着伞，在雨中漫步。雨仍然很大，与刚刚的狂风暴雨对照，已算不上什么。雨中的同里突然展现出不曾见过的宁静，不是假日，也不是双休日，依然还有些游客，依然还能看到三三两两的老外，都在廊檐下闲坐避雨。

我的鞋湿了，裤腿也湿了，既来之，则安之，悠然在雨里走着。此次同里之行纯属意外，就像这场豪雨，来得很突然，稀里糊涂人已到了这里，已进了退思园。良辰美景奈何天，同里并不是第一次来，退思园也不是第一次进，然而感觉却完全不一样。

从退思园美滋滋地出来，雨中登船，小河中只有我们这条船在行进。河岸上，一个老外正在屋檐下玩电脑，全神贯注眉头紧皱。我们正悄悄地从他身边经过，网络早已把世界联系在了一起，老外在干什么呢，玩游戏，和家人联络，还是在写作，种种好奇的疑问，都在我大脑里一闪而过。

感悟东山

去过很多次苏州东山，印象最深的是看徐耿拍电影。徐耿是我大学同学，拍什么电影居然忘了，正是江南好时节，学中文的老同学成了著名导演，招呼去玩，稀里糊涂地便去了。去了不看拍片，在东山闲逛，风景如画，往哪看都是电影镜头。

茫茫太湖望不到尽头，站在高处远看，有种置身大海边的感觉。太湖最适合升起风帆的木船，随风而去任意东西。好地方会让人感到不现实，不浪漫也浪漫，老少咸宜，既适合年轻恋人，也适合白发苍苍的离退休人员。你都不用化妆，一不小心就跑到历史里去了。这种好地方，谁来了，都是群众演员，可以很轻易地走进民国，走进晚清末年。

东山出碧螺春，这是我祖父最喜欢喝的茶。当年还不是那么昂贵，每到春日，父亲总会想方设法带点去北京。那时候，喝碧螺春是种仪式，对一个居住北方的江南人来说，意味着对家乡的怀念。“枯肠未易禁三碗，坐听荒城长短更”，老人家一喝到碧螺春，闻到那独特的芬芳，便知道春天到了，便开始强烈地思想江南。

碧螺春是很不耐喝的一种茶，它的清香它的茶色，必须认真对待，一不留意，就会稍纵即逝，就是暴殄天物。喝碧螺春必须带着一种呵护心态，要静下心，要一口一口慢慢喝，小心品仔细尝。祖父生前常笑我们喝不出碧螺春的好，是牛吃蟹，父亲和我不太明白这句话，祖父过世，再好的碧螺春也无法寄送，物是人非，这才开始真正醒悟。树欲静而风不止，子欲养而亲不待，碧螺春的好，当然不仅仅是因为高档和昂贵。

同样道理，一提到东山，人们肯定会说起“尽雕刻之能事，穷福禄之大全”的雕花楼。过去二三十年，以它为场景，已拍了七十多部电影或电视剧。说老实话，我个人并不喜欢这栋充满暴发户气息的土豪楼，无论花了多少金银，请了多少能工巧匠，雕了多少精美图案，都掩盖不了它的没文化。可是就像巴黎的埃菲尔铁塔一样，你喜欢也罢，不喜欢也罢，它顽强地留下来了，成为东山的一部分，因为著名，你不得不接受它的存在。

时间才是真正的艺术大师，雕花楼距今不足一百年，主人是民国初年的棉纱大王，土豪成色十足，当年棉纱犹如今天房地产，如果有富豪排行榜，一定可以找到他的名字。现如今人去楼空，它成为历史繁华瞬间的最好见证。时光磨去了俗气，沧桑增加了文化，雕花楼已成文物，是游客应该和必须要看的一个景点。

一句话，感悟东山，最简便的方法，先静静地喝一杯碧螺春，然后再匆匆地看一眼雕花楼。

去东山吃螃蟹

苏州的朋友登高一呼，饕餮之徒四面八方，风尘仆仆赶往东山。秋风初起，螃蟹们膏红肉肥，大快朵颐的日子到了。

人多则势众，在车上纷纷起哄，七嘴八舌，谈论文人何时开始吃螃蟹。问题貌似简单，照例不会有答案。能想起的是“蟹六跪而二螯，非蛇蟮之穴无可寄托者”。这是古代散文名篇《劝学》中的原话，意思是说，读书须持之以恒，要实实在在靠自己去努力。想不明白二千多年前的先贤笔下，螃蟹为什么会六条腿，唯一的解释是没吃过。

没吃过梨子，不知道梨子滋味，没吃过螃蟹，数不清几条腿。那年头，螃蟹肯定很多，多了就不稀罕。据说荀子是个长寿老人，常干些祭酒之类的差事，这活搁在当时，非德高望重的长者，不能干。孔老夫子肉不正不食，荀子他老人家自然也不屑于螃蟹。

文人不是古代圣人，喜欢吃螃蟹。不仅文人，很多人都喜欢。平民百姓，领导干部，皆有爱蟹之心。文人的特别之处，在于自欺欺人，讨了嘴上便宜，又想获得心理安慰。丰子恺先生信佛茹素，荤腥中唯有螃蟹一味，不忍丢下。可惜“四人帮”被粉碎的前一年，他已经仙逝，否则可以借机痛吃一顿，以示隆重庆祝。“四人帮”太霸道，与螃蟹的横行正好仿佛。

按照我的傻想法，文人喜欢吃螃蟹，首先还是因为这玩意不值钱。历史上的文人，通常不是有钱的主，囊中羞涩，却希望风雅，螃蟹便是好的选择。李白“蟹螯即金液，糟丘是蓬莱，且须饮美酒，乘月醉高台”，毫无富贵之气。周恩来读书的岁月，“扪虱倾谈惊四座，持螯下酒话当年”，更是一副穷学生模样。

记忆中，儿时并不喜欢吃螃蟹，嫌太费事。后来螃蟹昂贵了，这一值银子，便舍不得放弃。物以稀为贵，如今好螃蟹的高价位，我不说，地球人也都知道。时代不同，丑小鸭成了白天鹅。这次品尝的螃蟹，是精品中的精品，都说太湖流域，就数东山这一区域最好，生长的自然条件也最优越。地灵蟹杰，产于此地的螃蟹，绝大多数送往香港，香港人嘴馋，嘴刁，知道该吃什么样的螃蟹。

对于螃蟹我始终是外行。人贵有自知之明，不能吃了几只正宗的好螃蟹，嘴角边流过口水，立刻冒充内行胡说八道。当地形容人不会吃螃蟹，叫牛吃蟹。说到这个，真有些对不住东道主，我就是一头牛，傻乎乎只知道吃，螃蟹好在什么地方，听专业懂行的说一大堆，还是不太明白。

事实上，让人耿耿于怀和忿忿不平，如此这般的上等好螃蟹，凭什么都让香港人享受。凭什么，难道因为人家口袋里有钱，有更多的港币。在商品社会，酸腐的小心眼显然不合时宜。文人的气量很小，我也不能例外。不管怎么说，让螃蟹重新为人民服务，回到普通老百姓的餐桌上，毕竟还是值得期待。

沙家浜的记忆

前几年去海南，游览为纪念红色娘子军新建的公园，印象最深，是园子里养了几位当年的娘子军，都是清一色的老太太。有一个保留的节目，将颐养天年的老太太请出来，与游客拍照纪念。公园里很冷清，游客稀少，只听见大喇叭里不停地放着红色娘子军军歌。

与这个冷清形成对比，是不久前去过的沙家浜，那个热闹劲，那个喜气洋洋，不由得让人生出一番感慨。同样是样板戏，同样是“文革”那个怪异时代的宠儿，阴晴两重天，待遇完全不一样。仔细想也不奇怪，其实早在当年，两个戏的受欢迎程度，就已经有了高下之分。

前者的芭蕾舞太雅了，不比粗俗的迪斯科，谁都敢站出来乱蹦几下。也进不了KTV包厢，要唱什么卡拉OK，要联欢娱乐一番，样板戏中最合适的表演节目，便是“智斗”。八个样板戏中，最有人缘最有群众基础，算来算去还是《沙家浜》。譬如当地的一位女宣传部长，就可以在大会上曝光自己的经历，说当年读中学，学校里排演《沙家浜》，她本人特别想演阿庆嫂，偏偏没选上，被选上的那位，又是一位笨女孩，记不住台词，结果未来的女宣传部长，只能躲在后台为人家提词。

能不能在《沙家浜》中扮演一个角色，可以生出不同的人生故事。很少会有女孩子觊觎《红色娘子军》中的吴清华，她像戏中的木偶丈夫一样，太单薄了，一点都没趣。女孩们向往的是阿庆嫂，为什么呢，因为这个人物好玩，有戏，是个两面派。人生之乐，莫过于当好人演坏蛋，既过了坏人的瘾，又保持着好人的名声，正邪两道的好处都占了，不亦乐乎。

不只是学校的女孩想演阿庆嫂，剧团的专业演员，对这个角色更是朝思暮想。可以肯定，演过阿庆嫂的人数，如果统计一下，业余和专业加在一起，一定史无前例。京剧不算，在“文化大革命”中，只要是个剧种，一定移植过《沙家浜》，只要是个女主角，一定演过阿庆嫂。

我自小在一个剧团大院长大，扮演阿庆嫂的女演员都认识，掰起手指清算，前前后后老的少的，演过阿庆嫂的竟然超过了十个。通常一部戏的女一号，只有 AB 两个人，可是偏偏是这个阿庆嫂，扮演者浩浩荡荡。要说剧团的男男女女，也就几十号演员，一个阿庆嫂的角色，像小孩子过家家一样，皆大欢喜，给多少女人带来过满足感。

扮演新四军的男演员，除了郭建光，基本都跑龙套。戏结束前有个小高潮，战士们在指导员的率领下，翻跟斗跃过一个不矮的院墙。业余剧团通常玩不了，就连专业剧团，也不免要去杂剧团引进人才。我认识的一个男演员，没怎么见他演过戏，却天生能跳高，别人翻跟斗翻过围墙，他倒好，像跳高运动员那样跳过去，这在当时是一绝，观众目瞪口呆。

2008 年

徐州印象

一

古代中国号称九州，江苏的城市地名竟然占了两个，一个是扬州，一个是徐州。月儿弯弯照九州，江苏是个面积不大的省份，能九居其二也真是不容易。当然大家都知道，古代的扬州徐州，和今天的扬州市徐州市并不完全是一回事，它们有着这样那样的联系，要想三言两语说清楚却几乎不可能。关于扬州的概念，我已经写过专门的文章讨论过，这里就不再重复，现在不妨简单地说一下徐州。

《尚书·禹贡》说，“海岱及淮惟徐州”，那意思是说，西自济水，东至大海，北到泰山，南达淮河这一大片区域，都属于徐州的范围。司马迁的《史记》上屡次提到了“徐州”，像《齐世家》和《鲁世家》，这个徐州其实是在今天的山东境内，与江苏的徐州市并不搭界。东晋成帝以后，因为淮北被后赵占领，在江南设立了南徐州。历史上还曾有过北徐州、东徐州、西徐州，南北朝的时候，无论是汉人统治的南朝，还是少数民族的北朝五胡十六国，许多政权都有过徐州这个建制，比如后秦的徐州，就在今天的河南境内，而后燕的徐州，又在今天的山东境内。

对于这种名不副实的混乱，清代同治年间的《徐州府志》进行了疏理，指出历史上的徐州，“或为国名，或为地名，或以统辖，或以侨置，错综移徒”，这其中只有彭城和下邳为徐州实土。换句话说，遇到史料记载中的徐州，都必须小心验证才行，否则就有可能闹出笑话。

江苏的徐州市历史悠久，它显然是一个比苏州和扬州更古老的城市，早在6000多年前，徐州的先民就在此生息劳作。原始社会末期，尧封彭祖于今天的市区所在地，为大彭氏国，徐州称彭城便是从此开始。春秋战国时，彭城属宋，后归楚，秦统一后设彭城县。三国时，曹操迁徐州刺史部于彭城，彭城从此又开始称作徐州。

历史上，彭城和徐州曾经多次互易，好在换来换去，也就这两个名字，不像江苏的省府南京那样，动不动就换一个全新的称呼。徐州不仅是苏北最大的城市，在淮海地区也是首屈一指，是苏鲁皖豫边区组成的淮海经济区中心。它“东襟连港，西接中原，南屏江淮，北扼齐鲁”，素有“五省通衢”之称。京沪和陇海两大铁路在此交汇，京杭大运河傍城而过贯穿徐州南北。公路四通八达，北通京津，南达沪宁，西接兰新，东抵海滨，为全国重要水陆交通枢纽，是地道的东西南北经济联系的“十字路口”。

进入近代以后，古城扬州因为交通的劣势，它的城市地位一直在走下坡路。因此，新的振兴扬州计划，便是兴修铁路，将新城区往南边移，向浩瀚的长江边靠拢，走沿江发展的道路。与扬州相比，徐州在交通上的优势得天独厚，东部沿海要与中西部的内陆发生联系，上海经济区要与环渤海经济圈进行交流，南来北往，东西贯通，徐州是必经之路。

同时，作为一个区域经济内的大都市，徐州虽然不能像苏州那样，把自身的崛起依附于周边一个更大超级城市，比如借力于上海的高速发展，但是因为附近没有特大型城市，徐州也就可以得天独厚，当仁不让地自己做起老大。

新的徐州都市圈计划显得野心勃勃，它充分利用了自己在交通上的便利，以现在的徐州城为圆心，半径一百公里为圈层，包括江苏的徐州、连云港、宿迁，包括安徽的宿州和淮北，包括河南的永城，包括山东的枣庄和微山，这个都市圈计划的实现，对苏北地区的经济增长，对整个江苏的未来发展，有着十分重要的意义。在经济十分发达能源却相对比较贫乏的江苏，徐州一直是本省的能源基地，考虑到新世纪的经济活动，能源是可持续发展的重要保证，这一点又是江苏境内其他城市所不具备的优势。

二

苏州人文气，文质彬彬，说起他们的过去，喜欢谈论自己在科举上如何得意。扬州人曾经很阔，吹嘘当年的繁华，动不动就是盐商怎么争奇斗艳。徐州人对他们十分不屑，他们没这些本钱，既无文人的才，也没有商人的财，然而却有自己的骄傲，这就是此地接二连三地出帝王。与号称天子的帝王相比，文化人中个状元，盐商赚得盆满钵满，实在算不上什么。出水再看两腿泥，仅此一点，徐州人不但把苏州人和扬州人给比了下去，也让自以为虎踞龙蟠帝王州的南京人开不出口。

徐州出帝王一直让当地人引以为自豪，“父老能言西楚事，牧儿解唱大风歌”。要说徐州与中国那些真正的古都根本没办法相比，虽然紧挨着中原，北边有北京，南边有南京，往西有洛阳，有开封，有长安，在徐州可以称王称霸，但是这里显然不是一南面而王的好的首都所在地，它所能夸口的，只是这个地方货真价实地出皇帝。

还是从秦始皇统一中国说起，那时候流行过一句话，“楚虽三户，亡秦必楚”，意思是别看秦朝现在不可一世，最后一定会有楚国的英雄好汉出来将强秦灭了。以今天的观点望文生义，这堂堂的英雄好汉，势必应该出现在楚地的中心区域才合适，然而首先起来造反的陈胜吴广，陈胜是楚人，不是出于两湖地区，最终推翻秦朝并争夺天下的项羽刘邦，都是楚人，也不是湘人和鄂人。徐州基本上已是楚地的边缘，说此地出帝王并不是信口开河，而是有实实在在的数据支撑。

“千古龙飞地，几代帝王乡”，徐州出过的开国皇帝有从沛县走出来的汉高祖刘邦，汉朝在中国历史上有着十分重要的地位，因为有了刘邦，无论直系的西汉，还是号称后人的刘秀的东汉，刘备的蜀汉，追根溯源谈祖籍，自然而然地都与沛县分不开。南北朝时期，出生贫穷的彭城人刘裕，两度出师北伐，灭南燕，亡后秦，金戈铁马气吞万里，在公元420年，取代了晋朝司马氏的名号建立宋朝，为了有别于唐宋的“宋”，史称南朝宋或刘宋。唐朝末年，徐州的砀山出了个朱温，他跟着黄巢一起造反，朝秦暮楚，依靠乱中取胜建立了后梁。五代时期，徐州人李昪孤愤成才，忍辱负重，巧借权势建立了南唐。

与名声远扬的刘邦开创的汉朝相比，后面三位土生土长的徐州人创建的王朝，格局要小了许多，但是有一个算一个，毕竟人家也都是开国皇帝，若以数量计算，其他地方恐怕很难能与徐州竞争。同样，很难想象写出“问君能有几多愁，恰似一江春水向东流”的李后主，竟然与高唱大风歌的刘邦一样，也是徐州人。

还有许多赫赫有名的牛人，也能与徐州沾得上边。比如西楚霸王项羽，他是江苏宿迁人，而宿迁在历史上就属于徐州。又比如曹操，他的祖父曹腾是个宦官，是大名鼎鼎的汉相曹参之后，《史记·曹参世家》说：“平阳侯曹参者，沛人也。”又比如明太祖朱元璋，大家都知道他生于安徽凤阳，并不知道他家“祖居沛县”，据说朱元璋做了皇帝以后，曾派人到沛县寻根，因此明史专家吴晗的《朱元璋传》，直截了当地称他是“沛人”。

三

关于徐州的“徐”字，有一种说法是“徐，舒也”，所谓“土气舒缓也”。《公羊疏》引李巡的话，“济东至海，其气宽舒，秉性安徐。”

事实上，徐州这片神奇的土地一点都不太平。据不完全统计，有史以来，这一带发生的大小战事共一千多次，其中较大规模的有四百多次，产生重大影响的有二百多次。“春秋无义战”，弱肉强食，齐攻萧，楚攻宋，吴伐楚，秦灭楚，刀光剑影争杀不断。徐州自古就是兵家必争的战场，得徐州者得天下，古来的军事家都认为，由于所处的特殊地理位置，徐州既是东西要冲中原屏障，又是北国门户南朝锁钥，因此敌对双方往往会选择在徐州决战。

在徐州附近发生的战斗，常常是规模巨大人数众多，比如公元前203年的项羽和刘邦决战，双方投入的兵力就已经近百万人。又比如上世纪40年代末众所周知的淮海战役，国共双方投入的总兵力，也差不多超过了百万，而有一个更让人震惊的数字，仅仅是解放军阵营，就组织动用了民工543万人，当时主要是用扁担和小车运输物资，仅以运输的粮食计算，如果是用小车装运，每车二百斤，把这些小车一辆接一辆地排列起来，可以在南京和北京之间连接成五个来回。

中国历史上很多重大的战事都在徐州周围发生，三国时群雄割据，徐州是反复争夺之地，曹操攻陶谦，刘备战吕布，袁术攻下邳，曹操终于攻破徐州。晋末的两次北伐，徐州是发动攻击的前沿阵地。北宋末年，宋金在徐州地区征战激烈。再往后，朱元璋以攻打徐州北取中原，清兵以徐州为据点力阻太平军。到了民国时期，蒋冯阎新军阀中原大战，中日台儿庄会战，仍然是以徐州为中心。“九里山前古战场，牧童拾得旧刀枪”，说徐州是一块刀剑耕耘过的土地，一点都不夸张。

徐州适合成为古战场，首先由它的自然地形决定。徐州周围群山环绕丘陵绵延，西部是豫东大平原，由北向南自西向东，有沂沭泗汴诸水，加上大运河古黄河贯通经过，襟山带水，极易大兵团的集结和展开。说到集结和展开，作为“五省通衢”的徐州是运送兵力与物资的最好通道，古时走水路，近代还可以加上铁路，津浦和陇海两条铁路都必须从徐州经过。当年国共两军对垒，国民党那边提出的观点是“党国存亡，在此一战”，共产党这边则说“淮海一战，江南无大仗”，双方都是决战姿态，这么大规模的战斗，也只有在徐州周围才能进行。

其次，这里的气候似乎也适合打大仗。徐州虽然已经算是北方，可它应该算是北方中的南方，年平均气温是14℃，没有北方特别的寒冷，也没有南方漫长的雨季，大部分时间都适合军事行动，适合屯兵作战。这对于交战双方来说，也比较公平，谁都没有什么主场之利。谁的智商更高，谁更能赢得民心，谁的军事水平更厉害，谁就能赢得战场的主动。

数千年来的频繁争战，给徐州人民带来了无尽的灾害，也积淀了丰富的战争文化资源。一将功成万骨枯，发生在徐州周围的战事，不仅影响了中国的历史进程，而且持续不断地影响着我们的日常生活。以楚汉相争演绎派生的中国象棋，早就成为人们所喜爱的棋类项目，棋盘上的“楚河汉界”也成为战争文化的标志。十面埋伏、四面楚歌、霸王别姬，作为成语早已脍炙人口。

徐州城乡有着众多的战争遗址，每一处都是重要的历史见证，都有着丰富内涵和生动故事。因此旅游者来到徐州，不妨去看看高祖故里，登歌风台，听斩蛇起义的传奇，当然，你更应该去访问九里山古战场，听导游跟你说说十面埋伏，说说吹箫散楚子房山，说说霸王戏马台，说说张良为黄石公“三进履”的圯桥旧址，说说辕门射戟亭，说说白门楼，说说关公降曹的土山镇关帝庙，这些地方有着太多的历史信息，它涉及到人物和战事几乎都是我们所熟知的。

除了遥远的古代，保留更完好的是近现代战争遗迹，如中日台儿庄大战旧址、李宗仁的指挥部、淮海战役战场旧址，在这些遗迹中，淮海战役的三大围歼战旧址如碾庄、双堆集、陈官庄，地形地貌依然保存完好，相关的历史资料真实完整，不仅可以供历史学专家进行研究，而且可以满足一般旅游者的访古兴趣。

四

不管你相信不相信，江苏最古老的城市，不是六朝古都南京，也不是吴文化发源地的苏州，更不是“广陵大镇，富甲天下”的扬州，而是人们印象中淳厚朴实的徐州。不管你相信不相信，事实的真相就是这样。徐州是江苏最北方的一个城市，它的古老似乎也印证了中原文化的影响力。显然，越接近中原地区，开发的时间也会相对早一些。

在汉朝之前，今天江苏的淮河以南，尤其是长江以南，基本上还是一片蛮荒，并没有太多的文明值得恭维。汉朝既是中华文明的一个黄金时代，同时也是世界文明中耀眼的一个亮点，当时在西方，正是古罗马帝国的兴盛时代，而在东方，汉朝的威仪名震天下。徐州虽然不是汉朝的都城，汉朝的皇帝毕竟是从这里走出去的，它是汉代楚国和彭城国的治所，西汉时在徐州共封了十二代楚王，东汉重设楚国，至第二代改封彭城国，也传了六代。“王”的威严不能与京城长安的皇帝相比，徐州汉王陵墓中发现的兵马俑也不能和秦兵马俑相比，但是作为汉文化的遗存，它的历史价值十分珍贵。

汉文化是徐州非常重要的一张名片，这里有很多汉代楚王陵墓葬群，通常都是依山为陵凿洞为藏，气势恢宏雄浑壮丽。楚王陵墓体现了汉代建筑的伟大成就，犹如一座座地下宫殿，不但设有庭院、前堂、后室，而且还有武库、仓库、乐舞厅、水井、厨房、柴房、厕所、浴室。著名的龟山楚王墓精确度极高，长达 56 米的甬道，经现代激光检测，其中心线误差不足 1 厘米，古人用什么样的仪器和设备，打凿了这两条世界上最直的甬道，至今仍然是个待解的谜。墓葬东西全长 83.5 米，南北最宽处达 32 米，总面积差不多有 500 余平方米，几乎掏空了整个山体。

西汉时期徐州地区流行岩洞墓，东汉则盛行画像石墓。汉画像石是汉代人刻在祠堂或墓室壁上的图画，徐州是全国汉画像石集中分布地之一，现已发现有 1000 多块，完整的汉画像石墓 20 余座。汉画像石被称为“绣像的历史”，在中国美术史上占着极其重要的地位，因此，徐州汉画像石与南京六朝石刻、苏州园林一起被誉为“江苏三宝”。

徐州是江苏地下宝藏最多的城市，从锋利如初的钢剑，到长袖飘逸舞姿婆娑的女俑，以及嵌满宝石的鎏金兽形釉砚，此地的文物在海内外有着广泛影响。披金戴银是汉代贵族的时尚，因此，徐州出土的汉代金银器数量很多，大到金缕玉衣，小到憨态可掬的金银龟纽印，应有尽有琳琅满目。即使平时用于洗浴的沐盘，也是通体鎏金熠熠生辉。除了金银之外，玉器是徐州汉代文物中的华彩篇章，仅狮子山楚王墓就出土了 200 多件玉器，其中的金缕玉衣，是我国目前玉质最好，片数最多，时代最久，制作最精的玉衣。该墓出土的玉棺长 2.8 米，高 1.07 米，使用玉片 2000 多片，是目前我国唯一复原的汉代玉棺。

当然，徐州的地下奇观，绝不仅仅是楚王陵墓葬。位于今天徐州市中心的古彭广场下，保存着一段长 20 多米的古城遗址断面。在这个断面上，可以清晰地看到 5 个层面，从上至下依次为近现代堆积层、清代堆积层、河沙淤泥层、明代堆积层、唐宋以前堆积层。在距地表 5 米的明代堆积层中，可以看到几处建筑遗迹和一层青石板路面，石板厚约 15 厘米，显然是一段街巷。这个地下城遗址是 1987 年兴建地下商场时发现的，在考古挖掘中，发现了大量的文物，如明代的瓷器碎片，有围棋子，有石雕观音菩萨像，还有唐代的黄釉粗碗和汉代的五铢钱。毫无疑问，这里曾经是一个十分繁华的城市，顷刻被洪水埋没了，如同古罗马的庞贝城被火山灰吞噬一样。

事实上，这种古今两城重叠在一起的景象，20 世纪以后在徐州城内已经多次发现。历史上因自然灾害，曾经掩埋了一些古代城邑，如庞贝古城、楼兰古城、开封古城，但是在毁后的重建时，将新旧两城如此巧妙地重合在一起，可以说是绝无仅有。根据史料记载，经过洪水浩劫后的新徐州城，就完全叠压在旧城之上。也就是说，我们常年漫步的街巷下是一条完整的明代街巷，我们精心保护的清代府衙下还有一座明代府衙，而经年打水的水井之下就是祖先饮用的那口井，只不过一个在上面，一个在下面。

五

徐州的铜山县汉王乡盛产玫瑰，每年盛夏季节是采摘玫瑰的旺季，山山岭岭沟旁渠边房前屋后，到处都是花的世界，万紫千红浓香袭人。汉王乡以汉王庙而得名，汉王庙遗址在丁塘山下，附近有“汉王拔剑泉”，据说当年汉军曾以玫瑰花充饥，由此可见，此地出玫瑰的历史由来已久。汉王乡的玫瑰具有花型好花瓣多出油率高三大优点，目前全乡玫瑰种植面积达到11000多亩，年产花量50万公斤，每年可向国内外市场提供数量可观的玫瑰油，玫瑰油价值很昂贵，汉王乡因此有“玫瑰之乡”的美名。

徐州的丰县有果树面积50万亩，其中红富士苹果有30万亩。这里的大沙河牌红富士苹果色泽艳丽，爽口多汁甜脆味美，可溶性固形物含量高，并且极耐储藏。从上世纪八十年代起，丰县红富士苹果在市场上就有很好的销路，当地果农正是依靠果木脱贫致富。徐州位于黄河故道，境内很多区域都适合水果生长，但是就跟铜山汉王乡的玫瑰一样，花果虽美好，既有良好的经济效益，又能够改变日益恶化的生态环境，仍然不足以改变徐州的形象。

历史上的徐州似乎离开不了金戈铁马，900多年前，苏轼在这里做知州，在给皇帝上疏时曾这么描述徐州人：“其民皆长大，胆力绝人，喜为剽掠，小不适意，则有飞扬跋扈之心，非止为盗而已。”苏东坡的意思是说，徐州这地方不止一次出过皇帝，当地人以此自负，于是“凶桀之气，积以成俗”。据说乾隆皇帝给这地方下过一个很坏的评语，就是“穷山恶水，泼妇刁民”。这话不要说本土的徐州人听了不高兴，200年以后，毛主席他老人家路过这里，游览云龙山风景，也忿忿不平地为徐州人叫屈。

乾隆一生到过四次徐州，每一次都是为了阅视河工而来，即实地考察黄河水情和河防工程。他对徐州完全是一个盛世皇帝的心态，那就是并不把这里当作一块战略要地，毕竟他爷爷康熙已做了60多年的皇帝，他的爹雍正也做了13年的皇帝，轮到乾隆爷，国泰民安，天下太平了许多年。对于徐州，乾隆首先想到的是民生和吏治，在他眼里，徐州老百姓的日子太糟糕了，必须赶快让他们的生活好过起来。“即景都弗减愁怀”，“为民筹济为民伤”，乾隆的诗不算太好，意思倒是非常实在。他警告督抚大臣，说你们一个个别蒙事，隔一两年“朕”还要来徐州，到时候还是这样，别怪我不客气。

毛泽东一生曾七次到过徐州，和乾隆皇帝不一样，他经历的是“城头变幻大王旗”的乱世。在1936年的延安窑洞里，毛泽东告诉美国人斯诺，说自己年轻时曾登过《三国志》上有名的徐州城墙。众所周知，毛对中国历史有着浓烈兴趣，对徐州的过去了如指掌。很显然，他更看重这里的军事意义，国民党政权就是靠打赢淮海会战获得的，同样，也是因为仗打输了而失去。终其一生，毛泽东都没有忘记要“准备打仗”，1965年11月，他最后一次到徐州，在谈到外敌入侵的时候，仍然是提醒大家注意，敌人很可能从连云港登陆，然后直扑徐州。上世纪很长时间，准备打仗的思维一直左右着徐州的经济发展。四十年代末五十年代初，徐州一度曾属山东管辖，1953年重新划归江苏，理由便是徐州的煤和铁对江苏建设十分重要。战时状态建设的重要思路，必定是优先发展重工业，有了煤和铁，其他的工业也就都好办了。

多少年来，徐州为江苏的基础建设做出了应有的贡献，是本省经济繁荣不可或缺的一部分。不过在自身的经济总量方面，苏北的龙头老大徐州始终没有达到应有的高度。一方面，徐州的潜力不可小看，它有着太多得天独厚的优势，另一方面，优势还必须落实到实处，还必须要让老百姓获得真正的实惠才行。徐州的未来发展，是江苏经济发展的一个重要增长点，换句话说，这里将出现一个玫瑰花似的前景，还是值得大家有所期待。

2008年

江苏的水文环境

一

江苏的地势很平坦，是地势最低平的省份。如果中国是一个大斜坡，由许多级台阶构成，江苏基本上处在最下面的那级台阶上。中国的地势是西高东低，青藏高原平均海拔 4000 多米，越往东越低平。位于西南的成都平原仰望西方，会觉得自己是块很低的洼地，它的平均海拔只有 500 米，不过与更低洼的东部江苏相比，成都平原简直就像是搁在摩天大楼的天台上。台湾的 101 大厦，高 509 米，正好相当于成都平原的海拔高度，相对于高高在上的成都人，江苏给人的印象是住在底楼，最矮的那就是住地下室了。

江苏平原面积约占全省总面积的三分之二，比例之大，在全国占第一位。徐淮平原、里下河平原、滨海平原、长江三角洲平原，这些平原的海拔都在 50 米之下，其中半数以上是在 5 米之下。不要说很难与西部的高原相比，比较东北平原的海拔 200 米之下，华北平原的海拔 100 米之下，海拔 5 米之下仍然是个很低的数字。长江三角洲的某些区域，苏北的沿海地区，平均海拔都在 2 米以下，最低处是苏北射阳河沿岸，平均只有 0.6 米。

研究表明，近 30 年来中国沿海海平面总体上升了 9 厘米，其中，天津沿岸上升最快，为 20 厘米，上海次之，为 12 厘米，辽宁山东浙江都超过了 10 厘米，福建广东较低，为 5 至 6 厘米。总体趋势为“北高南低”，天津沿岸和长江三角洲地区上升较快，福建和广东沿岸上升较缓。根据预测，未来中国沿海海平面上升趋势还将进一步加剧，与 2000 年相比，2050 年中国沿海海平面将上升 13 到 22 厘米。如果环境问题得不到改善，全球持续变暖，水平面不断升高，海水倒灌，在中国版图上，最先消失的很可能就是江苏。

江苏境内没有大山，只有一些很矮的小山，还有为数不多的丘陵，大都集中在北部和西南，约占江苏总面积的 14.3%，比例之小，在中国也是第一位。江苏的地貌大势是南北高中间低，像一个倒放着的马鞍，最高的山在连云港，是黄海之滨的云台山主峰玉女峰，海拔 625 米。考虑到大多数的山峰海拔都不高，云台山基本上就是江苏的喜马拉雅山了。位于西南部的宜兴，也可以戏称为江苏的青藏高原，此地与安徽和浙江交界，是低山和丘陵地区，山体均作东西向延伸，绝对高度在 500 米以上，最高峰为黄塔顶，海拔 611.5 米。

二

我们已经说过，在地理方面，江苏有两个数据值得注意，平原面积所占比例全国第一，低山丘陵面积所占比例全国倒数第一，喜欢登山运动的人显然不太适合到此地来玩。除了低平山少之外，江苏最显著的一个特点，就是水乡泽国。中国有“五大淡水湖”，江苏占了两个，分别是太湖和洪泽湖。江苏共有河道2900余条，湖泊近300个，河湖众多水网密布，长江横穿境内大约400多公里，大运河纵贯境内大约690公里。江苏的内陆水域面积达1.73万平方公里，占全省总面积的16.9%，是全国内陆水域所占比例最大的省份。

内陆水域面积大于低山丘陵面积，这在全国是绝无仅有的特例。除了江苏，其他省份都是山区面积大于内陆水域面积。在全球水资源越来越吃紧的大背景下，江苏丰富的水域面积是一份非常宝贵的财产。江苏的主要河流和湖泊，分别属于沂沭河淮河长江三大水系。京杭大运河和苏北灌溉总渠等人工挖掘的河道，将全省的主要河流湖泊，连接成一个完整的水道系统，这不但方便了排灌和航运，而且是很好的水上旅游活动资源。

换句话说，只要旅游者乐意，你可以坐船周游江苏，饱览沿途的秀丽风光。水路四通八达，这是江苏的奇异景观，长江淮河苏北灌溉总渠沟通东西，大运河连接南北，多年以来，它们一直是江苏境内最重要的交通动脉。江苏不太适合游山，却非常适合玩水，只要旅游者乐意，你可以像当年的康熙和乾隆一样，坐船观光江苏的绝大多数城市，你可以游览南京的秦淮河，游览徐州的奎河，浏览南通的濠河，还可以沿着大运河及其附属水道，周游苏州无锡常州，欣赏扬州镇江，见识淮安宿迁。

江苏的锦绣文章，离开不了一个水字。水上文章做好，江苏便是前程似锦。由于西部高东面低，江苏的很多地方，譬如广大的里下河地区，完全可以利用水位落差，进行自流灌溉。这好比到处都安装了巨大的自来水龙头，需要用水的时候，只要把开关拧开就行。源源不断的水源不仅是农业生产的命根，而且是相当一部分工业生产的必须条件。从种植业看，每公顷农作物生长期内的用水，小麦是23至34吨，棉花是22至27吨，甜菜是31至40吨，而水稻必须是在水田里才能生长。从畜牧业看，生产1千克牛肉需耗水31.5吨。从工业看，生产1吨钢需耗水20至40吨，1吨纸需耗水200至400吨，1吨人造纤维需耗水1200至1800吨，生产1吨合成橡胶的需水量竟高达2.75万吨。

江苏东临黄海，有954公里的海岸线，隔海与韩国朝鲜和日本相望。然而在这漫长的海岸线上，更多的是滩涂，真正适合建造深海码头的地方并不多。好在长江江苏段是深水航道，海船可以沿着长江一直进入江苏腹地，南京以下可终年通航万吨级的船舶，十分方便开展远洋和江海直达运输业务。

三

江苏在习惯上分成江南江北两大块，这是以长江为界。江北又可以继续划分，分成苏中和苏北，大致是以淮河为界。很显然，它们之间有着很大的差异，正是这些差异，形成了一种文化上的多样性。

实际上，苏南最初只是一个行政概念，上世纪五十年代初，江苏分别设置了苏南行政公署和苏北行政公署。没有几年，行政公署被撤销，苏南苏北的称呼被继续沿用，它基本上也就是个地理概念，所谓苏南，意味着大家都位于长江的南部。在苏南这个称呼出现之前，更传统的叫法是江南和江北。

江南的五个省辖市呈线状，由西向东，沿沪宁线依次排开，他们分别是南京镇江常州无锡苏州。虽然同属江南，西端的宁镇和东端的苏锡常有着许多不同，在苏锡常的老百姓看来，南京镇江差不多就是苏北，在当地尤其是农村随便找一个人询问，很可能就会弄错近邻镇江和南京的位置，会想当然地觉得它们应该是在江北。这显然与方言有关，宁镇和苏锡常虽是邻居，却分别属于不同的方言区。吴方言区的苏锡常在经济上比较发达，特别是进入明清以后，此地已成为名满天下的鱼米之乡，成为国家最重要的粮食基地，对历代皇家粮库的供应有举足轻重的地位。人一阔难免会变脸，感觉难免会良好，看人的眼光立刻不太一样，这当然也包括属于同一方言系统的上海人和浙江人，在他们不屑的眼神里，凡是吴语之外的人都是“江北人”。

“苏湖熟，天下足”，说的就是苏锡常这个区域。这个区域丰收了，饥肠辘辘的中国人就不会再挨饿。这里也是长江三角洲最富庶的黄金地段，人口密度之大，既是中国之首，也是世界上人口最稠密的地方。因为人多地少，向来有精耕细作的传统。多少年来，苏南一直享受着“鱼米之乡”的优越，并引以为自豪，很多人更相信它与繁体字的“蘇”有关，因为在草字头下面，分别有一个“禾”和“鱼”，所谓天意合成是也。这其实是拆字先生经常干的勾当，是典型的望文生义，文字学家并不赞成这种观点，“蘇”的本意只是一种草本植物，“鱼禾”之解完全是想当然的附会。

富庶在某种意义上也是一种传统，需要时间的积累，绝不能一蹴而就。一个地区的经济发展，可持续增长非常重要，富庶说到底也还是一种文化，仅仅是着急解决不了贫穷问题。苏南已经有很漫长的富庶历史，在不同的时期，有着经营传统的苏南人更善于抓住机遇。今天，鱼米之乡的美誉，正在成为一段逝去的历史。苏南显然已经不在乎把这顶戴了千年之久的桂冠，拱手送给江岸对面正在崛起，相比较而言还有些贫穷的苏北兄弟。在如何发家致富这一点上，聪明的苏南人总是走在观念保守的苏北人前面。上世纪八十年的改革开放，彻底颠覆了苏南人引以为自豪的农耕传统。新的“苏南模式”从乡镇企业起步，经过大胆甚至有些出格的招商引资，正把这里逐渐改变成世界工厂。

经过这些年骤变，田园牧歌似的江南生活早已不复存在，农业社会正迅速向工业社会转变，苏南板块按照人口划分的城市化水平，已经超过百分之六十，正快速逼近工业化国家标准。很显然，对于苏南来说，世界工厂并不是一个最好的选择，也许在继续富庶的道路上，这是一道必须经过的门槛，但是所造成的环境污染、农业土地流失等等问题，将有可能困扰和影响苏南人民未来的生活质量。

四

历史上的江北曾经比江南更富裕，今天富得流油的太湖流域，当它还是一片杂草丛生的沼泽时，江北的开发早已初具规模。以先天条件而论，江北的苏中和苏南一样，同属于长江三角洲，完全可以成为经济富庶地区，但是事实却如大家知道的那样，要贫穷很多，根本就不是同一个经济水平。资料显示，江苏13地市中，苏北的经济更差，宿迁、徐州、连云港，加上淮安和盐城五市，总面积超过江苏全省的一半，人口数量是全省的五分之二，GDP总量只占全省的五分之一，人均GDP还不到全省平均水平的二分之一。

造成这种巨大差异的历史原因首先是人祸，天造孽犹可挽救，人造孽往往不可收拾。都说黄河是条母亲河，没有她就没有中华民族，没有她也谈不上五千年的中华文化。“黄河之水天上来，奔腾到海不复回。”黄河中的滚滚泥沙，一方面给我们带来了大片黄金一样的土地，另一方面也带来了无尽的灾难。黄河仿佛一位处于更年期的不安分女子，到日子就要泛滥成灾。

自古以来，三十年河东，三十年河西，黄河下游像一条巨龙尾巴那样随意地甩来甩去，一直是在河北平原上决口改道，每次改道都给当地老百姓带来灭顶之灾。黄河是一条纯北方的河流，本来与江苏没有任何关系，毕竟中间还隔着偌大的一个山东，到了1128年，南宋的东京留守司杜充为了阻止金兵南下，在今河南滑县西南扒开了河堤，结果黄河从此改道，经过豫东鲁西南，汇入泗水，最后再注入淮河，开始势不可挡地涌入江苏境内。

黄河改道给苏北造成了灾难性的后果，横贯江苏境内的淮河原本是一条很清澈的河流，在这之前，辽阔的江淮平原很少有什么大的水灾，可是自从黄河因为人祸蛮不讲理地闯了进来，平静的一个苏北从此不得安宁。可以这么说，黄河改道之前，江南和江北的经济状况虽然有些差异，基本上还能算是同步，改道进入苏北之后，江淮平原的经济立刻一落千丈。黄河在江苏境内横行了700多年，在1855年才再次改道山东入海，但它所造成生态环境恶化已经不可逆转。

在人为造成祸害上，必须一提的还有明朝的“筑堤束水，以水攻沙”。所谓“筑堤束水”，就是把堤坝尽可能的修高。这是个确保漕运的治水方针，它不仅没有丝毫改变江苏境内的黄河水患，反而使得河床越来越高，结果造成高悬在老百姓头上的黄淮之水，随时都有可能决口为灾。当时徐州至淮阴的运河和黄河已成为同一条水道，为了确保大运河的畅通，确保每年数百万石的粮食和进贡物资安全抵达京城，这段河道成为一条高架在空中的天河，成为当时黄河最危险的一段。

看一下南宋之前的中国地图就会知道，历史上的洪泽湖远不像今天这样浩浩荡荡，它有幸能够排名中国第四大淡水湖泊，完全是因为人工的缘故。为了抬高水位，洪泽湖大坝也越修越高，终于成为世界上最大的“悬湖”。这可不是一件闹着玩的事，意味着整个洪泽湖就顶在苏北的大脑袋上，湖堰一旦决口，立刻“方数千里，滔天大水”，立刻“鱼游城关，舟行树梢”。长期以来，苏北水灾罄竹难书，随着堤坝的不断增高，灾情也日益严重，从1575年到1855年的280年间，高家堰大堤共决口140余次。康熙十九年的一次大洪水，干脆把古老的泗州城给淹了，大水不仅冲了龙王庙，连朱元璋老子的坟明祖陵，也一起吞没在了浩瀚的湖水之中。

都说财富是一种积累，频繁的水患让苏北的老百姓一次次忍受巨大灾难，动不动就会倾家荡产，贫穷潦倒自然也就不可避免。水来成灾，良田顷刻间成为一片汪洋，水去了还是灾难不断，留下了大片长期不得宣泄的沼泽，结果土壤盐碱化日趋严重。众所周知，盐碱地是导致苏北贫困化的另一个重要原因，多少年来，徐淮盐地区不得不和盐碱地做不懈的斗争。黄河重新改道后，连年的水患并没有随着黄河离境而彻底消除，它遗留的问题一直是苏北的心病，洪泽湖对下游的严重威胁就始终存在。

此外，由于苏北东部地势低洼，除了要忍受上游随时会滚滚而来的洪水之外，从阜宁至海安漫长的沿海地区，还要经常受到海潮的侵袭。据不完全统计，从公元964年1948年的984年中，盐城地区由于海潮冲击而引发的灾害就有65次，每次都是淹死人畜无数。清雍正二年，也就是1724年，巨大的台风将树木连根拔起，海潮势不可挡地冲进了盐城县城，成片的房屋被冲倒，淹死的人差不多有五万。1903年，如东县境内海堤溃决13处，这一次，被淹死的人似乎已没办法计算。

经过多少年几代人的综合整治，江淮之间的水患以及盐碱化趋势已经大为改善。特别是近年来，随着治理能力的提高，贫穷落后的帽子正在被摘除，但是还有很多不尽如人意的地方。苏北的综合实力搁在全国，或许还不算最落后，与相对风调雨顺经济形势大好的苏南相比，显然有着相当大的距离。因此，尽快地改变江南江北的差距，尽快地使苏北富裕起来，让苏北成为经济增长非常重要和稳定的一个基本面，这正是江苏人还需要共同努力的地方。

五

江苏是一个非常富庶的省份，起码在目前，江苏的经济地位还不可动摇。

往远里说，江苏所在的区域并不是很好，尤其是江南，与富庶这两个字还挨不上边。中国最古老的地理著作《尚书·禹贡》中，中国被划分成9个地理区域，即陆游《示儿》诗中“但悲不见九州同”的九州，其中位于长江下游南边的大扬州，也就是今天的江南，被定为最差的地区。隋唐以前的扬州都是指的江南，当时的土地也分成了九个等级，大扬州是“厥田惟下下”，名列倒数第一。

排在第一位的黄金土地是雍州，也就是位于秦岭以北的渭河谷地及陕甘黄土高原，今天的人听到这排名有些吃惊，可是当时的情形确实如此。为什么秦能统一天下，千万不要想当然地认为秦国只是落后和残暴，像小说上记载的那样只是一些善于打仗的野蛮人。经济在什么时候都是基础，汉朝唐朝定都长安，为什么能够威名远扬，敢自称是世界上最强大的国家，强大的经济实力不可忽视。

在古时候，黄河中游的自然地理环境还没有恶化，开发得也比较早，很长的时间里，中国的西部要比东部还发达，天下财富一度以关中为最多，这也难怪司马迁当年会说，关中之地占天下的三分之一，人众不过十分之三，但是财富竟然占了十分之六。

不过形势很快就发生了变化，到了唐朝的时候，中国的政治中心虽然还在长安，皇上还在那里办公，经济中心已开始逐渐东移南下。昔日的穷乡僻壤扬州，扔掉了落后的倒数第一的绿帽子，一跃为冠绝中华的老大，成了最有钱的主。

当然，这个扬州仍然是大扬州的概念，差不多包括整个长江下游。“腰缠十万贯，骑鹤上扬州”，这时候，该轮到古文八大家的首领韩愈大发感慨，经过了孙吴东晋南朝的大开发，长江下游成为经济最发达的地区，天下赋税已经是“江南居十九”，也就是占了十分之九。“天下大计，仰给东南”也好，“国之根本，仰给东南”也好，都说明了当时此地经济的举足轻重。

到了明朝，仅仅比较一下南北两个直隶的赋税，就可以清晰地看清南北经济实力的巨大差异。根据张岱的《夜航船》记载，北直隶有 8 府 17 州 116 县，赋税 60.1 万，南直隶有 14 府 17 州 96 县，赋税 599.5 万，南直隶上缴给国家的赋税，将近北直隶的 10 倍。说是南方养活了北方，这话听上去有些刺耳，但是事实差不多就是这样。根据史料记载，明末清初，南直隶的赋税额占了全国总额的近三分之一。和安徽分了家后，江苏尤其是江南的赋税仍然居高不下，譬如长江三角洲，就一直享有“天下赋税尽出其半”的美称。

长期以来，江苏经济一直是国家财政的重要支柱。改革开放以后，特别是近年以 GDP 总量计算，江苏的排名开始有些落后，在最近几年的评比中名列第三，已排在同样是沿海发达省份的广东和山东之后，但是若以人均 GDP 计算，以人均贡献衡量，江苏仍然是排在广东和山东的前面。

六

江苏人吃苦耐劳，这是十分优秀的传统。江苏非常富裕，富裕有时候只是一种表象，可以做多种分析。处在底层的老百姓，从来就不是乱花钱的主，与奢侈铺张的生活根本就不沾边。在赋税的重压下，吃苦的永远是底层的劳动大众，耐劳的永远是生活在底层的穷人。历史上，江苏的非常富裕照例是多做贡献，是为他人作嫁衣裳。文化首先由历史和地理决定，同时也受政治和经济的制约。

和中原地区相比，江苏开发虽然比较晚，它的经济发展速度和发达程度却是惊人。客观地说，高赋税既是江苏的沉重压力，同时也是促进生产发展经济的很好动力。长期以来，江苏不仅要为强盛的中央政府财政多做贡献，当国家处于弱势不得不向敌国称臣纳贡的时候，也要在经济上为政府分忧解难。南宋时期，朝廷每年要向金国进贡银币 25 万两，绸缎 25 万匹，这些白花花的银子和琳琅满目的绸缎，有很多都是出于江苏。

富庶一词绝不是凭空而来，绝不会无缘无故，从来就是有成本的，它意味着江苏一地对国家的巨大付出，意味着一份荣耀，同时也意味着这里老百姓生存艰辛，意味着他们有非同寻常的吃苦耐劳精神。汤因比在《历史研究》中曾说过，中国人所要应付的自然环境挑战，要比两河流域和尼罗河流域严重得多。钱穆在《中国文化史导论》中，将古代中国与古埃及古巴比伦古印度相比，得出一个结论，那就是四大文明古国中，中国的地理气候条件最差。古代文明通常是在肥沃的区域产生，独有中国文化因苦瘠而发展。因为“苦瘠”，所以“不断有新刺激和新发展的前途，而在其文明生产中，社会内部亦始终保持着一种勤奋与朴素的美德”。

这种勤奋和朴素的美德在江苏人身上，表现得最为淋漓尽致。江苏人民与天斗与地斗，面朝黄土背朝天，确实很不容易。历史学家考察中国的文明进程，发现一个规律，在古代每隔几百年，中国就不可避免地出现一次大乱，发生一次大的分裂，所谓天下大势，分久必合合久必分。通常会把这些造成老百姓背井离乡的动乱，简单地归结为少数民族入侵或是农民起义，事实上，生活物资的匮乏和对生活必需品的追逐，同样是引发战争的重要根源。江苏地处南北交界之处，总是位于南北两大军事集团中间，是兵家必争之地，因此身受战争的祸害也最为严重。相比较而言，苏北的军事冲突要更激烈一些，历史上很多著名的战役都在这里进行。

江淮地区饱受战乱，注定了政治上不会有太大前途，老百姓只能在历史的夹缝中，逆来顺受随遇而安。战乱引起的首要问题便是人口的流失，江苏境内的移民多是战争造成的。人口流失引发了一次次大规模的移民潮，除了北方外省移民的入境，每一次大的战乱以后，同样可能引发本省境内新的人口大挪移。譬如在元末明初，淮扬一带人口骤减，扬州城内的土著居民只剩了四十余户，淮安城中仅剩七家，而盐城地区更是找不到一个土著，人人都说自己来自苏州，根据专家的考证，明朝洪武年间，苏北地区接纳外来移民多达 65 万，其中有很多人都是来自江南。

劳动者创造财富的能力是惊人的，江苏境内的老百姓似乎生来就不会坐享其成。他们是天生的劳动人民，无论是苏南还是苏北，到处都是他们忙碌的身影。江苏人的吃苦耐劳的性格并不是在一天里形成，在连绵不断的战乱中，他们要平静地面对动乱和死亡，面对流离失所，一旦战争结束以后，又要不遗余力地恢复生产，重新建设自己的家园。

从六朝的大开发开始，经过了一代又一代人的努力，经过了无数次的人祸天灾，江苏终于被建设成为一个富庶的鱼米之乡，同时，也塑造了自己吃苦耐劳的优秀品格。

2008 年

关于大运河

从古邗沟说起

扬州在江苏的地理概念上，属于中部地区，仔细看一下地图就可以明白，省城南京偏于西南，苏州偏于东南，扬州基本上是在中心位置，但是在习惯上，大家更愿意把它称作苏北的一个代表城市。我们今天的很多习惯思维，都是明清时期形成的，明朝永乐皇帝移都北京以后，在今天的江苏境内设有七府，其中有五个府在江南，分别为应天府、镇江府、常州府、苏州府、松江府，只有两个府在江北，分别为扬州府和淮安府。很显然，“府”这个行政概念，更多的还是看重人口和经济。江北的地盘是江南的好几倍，从面积上看当时的扬州府，几乎相当于江南五府，虽然大，政治地位并不怎么显赫。

早在元朝的时候，按照当时的规定，只要人口达到三万户，就可以申请设县。因为江南人口的日益稠密，清政府曾把江南的许多县一分为二，结果便造成两县共用一个县城的情况，譬如苏州城里，就曾经同时出现过三个县衙门，分别是吴县、长洲县和元和县。清初改置江南省，设江南布政使统领上下两江，安徽为上江，江苏和上海是下江。以后又设左右布政使，左布政使管辖安庆、徽州、宁国、池州、太平、庐州、凤阳、淮安、扬州九府，以及徐州、滁州、和州、广德四州。右布政使管辖江宁、苏州、松江、常州、镇江五府。左右布政使的分治，为江南省的瓜分作了准备，当时的右布政使驻扎在苏州，等到正式分省的时候，把位于江北的两府一州划归江苏，从此扬州府、淮安府，暂时还未升为府一级的徐州，开始成为江苏大家庭中的一员。

历史上的扬州和苏州相比，丝毫也不逊色。扬州人和苏州人在自我感觉良好上如出一辙，他们都很会过日子，都习惯于自得其乐，都积淀了非常丰富的文化。这是两个有着悠久历史，同时又是非常适合人居的古城，城市规模都不太大，民风温柔，生活悠闲。如果说它们还有某些不相同的话，那就是苏州处于和平的岁月居多，千百年来和扬州相比，处于战乱的日子要少得多，受到的伤害也少得多。

地处江淮之间的扬州古城并不是什么军事要塞，然而这个城市的建设，从一开始就与军事企图紧密相连。在苏州开始建城的 28 年以后，也就是公元前 486 年，野心勃勃的吴王夫差为了北上伐齐，开挖了一条邗沟。千万别小看了这条古运河邗沟，在此之前，长江和淮河并不相通，那时候的军队要走水路，连接江淮的唯一途径，便是由出长江绕海进入淮河，这得要绕很大的一个弯子。因为有了邗沟，行程大大地被节省了，同时，在半路上也有了一个城池邗城，根据专家的观点，这个古邗城就是扬州的前身。

夫差为了北进中原争霸，无意中发展了这一地区的经济文化和航运交通。从此一直到汉代，当时的江苏境内，江南最大的城市是苏州，江北最大的城市是扬州，那时候的省城南京还算不上什么。然后越灭吴，然后楚灭越，胜利的楚国给扬州起了一个名字叫“广陵”，就像它给南京的赐名“金陵”一样。广陵的名字用了很久，直到九百年以后，隋炀帝杨广成了这里的最高统治者，为了避自己本名的讳，改“广陵”

为江都。现在的扬州辖区内也有个江都县，此江都并不是历史上的江都，历史上的江都就是今天的扬州。

隋炀帝和大运河

吴王夫差开挖了邗沟，目的是想称霸中原，结果出师未捷，被更有心计的越王勾践抄了后路，活生生把国家给亡了。一千多年以后，隋炀帝又在古邗沟的基础上，花了六年时间，挖掘了著名的京杭大运河，结果呢，也把一个好端端的大一统江山隋朝给折腾完了。大运河这样的丰功伟绩，不是在秦皇汉武这样的英雄人物手下完成，多少有些让人感到意外和遗憾。人们总是习惯以成败论英雄，如果夫差北伐成功，如果隋炀帝平定了叛乱，结局也许会完全不一样。当然，历史从来就不相信如果，历史也从来不以人的意志为转移。事实只是，因为吴王夫差和隋炀帝，因为这两个既富传奇又是悲剧性的人物，江苏的命运就此彻底改变。

隋炀帝三下扬州，“玉玺无缘归日角”，老天爷不保佑，最终他只能客死在这里。历史与这位倒霉蛋开了一个不大不小的玩笑，因为忌讳扬州的原名广陵，本名叫杨广的隋炀帝特地改了一个地名，没想到自己还是被埋葬在了此地的雷塘，隋炀帝陵结果还是在广陵。“君王忍把平陈业，只换雷塘数亩田”，平心而论，隋炀帝真不能算是个没有用的皇帝，想当初，他领着 51 万大军南下江南，活捉了醉生梦死的陈后主，结束了自东晋以来 270 多年南北分裂的局面，那是何等的业绩辉煌。清朝的康熙和乾隆也都是六下江南，同样是劳民伤财，同样是为了缓解南方的怨恨和怀疑，同样是为了加强对富庶的江南地区的控制，同样是为了榨取江南人民的财富，为什么康熙乾隆的下江南，就变成了一种粉饰盛世的大好局面，而隋炀帝的巡游却导致了亡国，这并不是三言两语就可以解释清楚。

不管怎么说，大运河的功都远远大于过。唐诗人皮日休甚至把隋炀帝修运河，与大禹治水相提并论，“尽道隋亡为此河，至今千里赖通波，若无水殿龙舟事，共禹论功不较多”。清朝的一位史学家也说，吴国和隋朝的开挖运河，虽然是“轻用民力”，但是后人的享用无穷无尽，他引用了春秋战国时的西门豹的话：

“今天你们恨我怨我，百年以后你们想念我都来不及！”

大运河以洛阳为中心，北起涿郡，也就是今天的北京，南至余杭，也就是今天的杭州，在江苏境内长约690公里，不仅从南到北贯通了江苏全省，而且四通八达，成了江苏与全国各地联系的大动脉。江苏境内的大运河在京杭运河总长度中占有绝对比例。中国现存大运河全长约1794公里，在江苏境内约占总长的五分之二。大运河全程分为七段，其中有三段在江苏境内，它们是淮安以北的中运河段，淮安至扬州的里运河段，镇江以南的江南运河段，大运河依次流经江苏的徐州、宿迁、淮安、扬州、镇江、常州、无锡、苏州8市，江苏共有13个省辖市，大运河所经流域大约占了全省的三分之二。

江苏境内的运河沿线也是历史文化遗存的主要地域。江苏现有国家历史文化名城7个，运河沿线就占了5个，分别是徐州市、淮安市、扬州市、镇江市、苏州市，低一级别的省级历史文化名城有6个，运河沿线也占了3个，分别是高邮市、常州市、无锡市。此外，江苏现有全国历史文化名镇10个，运河沿线就占了5个，省级历史文化名镇13个，运河沿线就占了11个，省级历史文化保护区2处，运河沿线占了1处。江苏现有各类地面文化遗存近万处，截至2006年统计，被各级政府公布为文物保护单位的有2890处左右。这些重要文化遗存有相当一部分位于运河沿线。由于江苏水系发达，许多河流都与大运河发生联系，与大运河有关的物质文化遗产与非物质文化遗产，在江苏的历史文化资源中占有绝对比重。

大运河颠覆了江苏作为一个边远省份的落后地区形象，它所带来的好处显而易见。此地老百姓为了自己对国家财政上缴的利税，不免有些怨言，所谓“东南四十三州地，取尽脂膏是此河”。这是典型的目光短浅，知其一而不知其二，大运河的开凿在当时确实产生了一些负面作用，劳民伤财，引发了很大的民生问题，但是它对江苏的经济建设，对江苏的繁华富裕，起到了非常重要的作用。有人说，在中国的大历史上，万里长城是“人”字的一撇，而大运河则是“人”字的一捺，有了这一撇一捺，中国人就站住了。

时至今日，大运河对于江苏的经济发展，仍然起着十分重要的作用，和历史上繁忙的江南漕运已有所不同，现在再也不是用船把粮食和财富源源不断地运往北方，而是把大量的煤炭和建筑材料送到南方。如果没有运河运输煤炭，华东地区的能源就会出现问题，而建筑材料则满足了快速发展的许多南方城市建设新城区的需要。运河的总运输量相当于两条京沪铁路加一条京沪高速公路的总运输量，运输成本比铁路和公路运输都要便宜，这一点如果不加以说明，一般人恐怕做梦都不会想到，因为现在出门，走水路的机会已经越来越少。

唐朝的大上海

上世纪的三十年代，上海的一位大学教授在讲授《中国文化史》的时候，给学生提了一个问题，那就是在一百五十年前，黄浦江两岸蒲苇遍地，田野间偶见村落，很少有人知道有所谓上海，诸位试想那时中国最繁华的城市，应该会是什么地方。同学们被这个看似不太难的问题卡住了，七嘴八舌，说了很多种答案，有人说是北京，有人说是洛阳，还有人说是南京，没有人会想到竟然是扬州。

这位教授十分感慨，说尽管标准答案确实如此，但是大家都没有想到，说明在过去的一百多年时间里，大名鼎鼎的扬州衰落得实在太厉害。落水的凤凰不如鸡，自东晋以来，特别是隋唐以后，曾经一直占据中国经济中心的扬州，随着现代社会的到来，作为中国历史上特大城市的光彩早已不复存在。教授苦笑着告诉他的学生，说这个就叫历史的变迁，今天的上海人，听到扬州话便想到江北乡下人，看到扬州人便想到穷瘪三阿木林，要是在一百五十年前，或者往前一些的康乾盛世，再往前一些唐宋元明，扬州人眼里的外地人，清一色都是乡下人和阿木林。阿木林是流行于当时上海滩的洋泾浜英语，意思相当于今天的“土包子”和“土老帽”。

苏州人觉得自己的城市是天堂，在心高气傲的扬州人看来，所谓天堂也不过就是一个满足温饱的小康社会。不过是小日子过得有点富裕，不愁吃不愁穿，和平和谐和睦。这样的岁月在扬州人心目中根本算不上什么，稍稍知道一点扬州历史的人都知道，如果说在六朝时期，南京算是当时最繁华的城市，那么到了隋唐，自从大运河通航以后，东南繁华的第一把交椅，恐怕就不得不让位给扬州。扬州那时候的来头要大得多，那年头，长安因为是京城，是皇上待的地方，是政治中心的所在地，其地位正好相当于今天的首都北京，而扬州便是今天的大上海，商贾如织，是不折不扣的经济中心。

一千年前的扬州繁华，对于今天的人来说，实在是难以想象。可以这么说，今天作为国际化大都市上海拥有的种种优势，当时的扬州基本上已全都具备。那时候的扬州就是一个国际化的大都市，唐代诗人眼里的扬州，是“天下三分明月夜，二分无赖是扬州”，是“十里长街市井连”，是“九里楼台牵翡翠”。诗圣杜甫一生贫寒，他看到当时的外国商人一个个东下扬州做生意，不禁心生羡慕之意，也想顺势搭个便车，跟着一起到扬州见识一下，可惜最终还是没有能够成行。据说唐朝有些名气的诗人，有一半到过扬州，杜甫偏偏只留下一首“商胡离别下扬州”，这让扬州人民十分遗憾，好在同一首诗的四句话中，杜甫说到了“忆上西陵故驿楼”，根据这句话里刨根问底，他当年似乎也来过扬州，只是惜墨如金，没有留下其他更能让人咀嚼的诗句罢了。

在考古挖掘中，扬州发现了一批唐俑，这批唐俑的最大特点，就是高鼻深目，一望便知道是“胡人”。唐时的胡人不是今天的欧美，大都是来自波斯和大食，也就是古代的伊朗和阿拉伯。同时出土的还有与胡俑有联系的骆驼俑，骆驼有“沙漠之舟”的称呼，它们显然是胡人长途跋涉的交通工具。但是，值得一提的是，中国历史上的对外贸易交流，最初都是沿着丝绸之路进行的，因为是陆路，形成不了太大规模。到了唐朝的时候，海上交通开始发达起来，我国的东南沿海对外贸易大盛，扬州是水路运输的重要枢纽，要想把海外的货物运到京城去，扬州是必经之路。

形容当时扬州繁华的谚语，最有说服力的就是“扬一益二”，意为全国之富当推扬州为第一，益州为第二。益州就是今天的成都，有理由相信，这样的排名显然不是扬州人的主意。按照中国南方人的传统习惯，一般不太喜欢自称天下第一，不喜欢太张扬。动不动就是一个吉尼斯记录，这是近年来兴起的时髦。中国人做事喜欢留有余地，喜欢我第二没人敢说第一的境界，譬如江南第二泉，又譬如天下第二泉。扬州人才不在乎自己排名第几，“江淮之间，广陵大镇，富甲天下”，这话最好是让别人去说，等到扬州人自己再津津乐道这些往事的时候，扬州城早已经彻底地败落了。

淮水东南第一州

外地人来到江苏，可以沿着沪宁铁路自东向西，过苏州无锡常州镇江南京，也可以顺着沿海高速由南往北，去南通盐城连云港，说完了这些城市，再回过头说大运河途中的淮安，有一种完全不同的感觉。和扬州徐州一样，位于大运河边的淮安也是一座国家历史文化名城，说到这一点，它显得要比江苏东部的沿海城市更有底气。如今，淮安人给自己的定位，是要建立一座在苏北城区规模仅次于徐州的大城市，提出的口号是“人均超全国，财政再翻番，建设大城市，苏北争先进”。目标很远大，任务很艰巨，淮安的辖区总人口和市区总人口，处于江苏十三省辖市中间，然而它的GDP总量和增幅都排在后面，人均GDP和人均收入都不如人意。

在一个讲究数字化的现代社会，淮安人提到经济难免沮丧，历史地看，淮安曾经很富裕，可惜那时候没有GDP排名，也没办法统计人均收入。搁在隋唐，今日富庶的苏南怕是没有一个城市敢与淮安叫板，更不要说苏北沿海的那些不毛之地。自从大运河开通，淮安便成了沿线的重镇，唐代的楚州城，商品贸易十分兴旺，著名的开元寺和龙兴寺前是热闹非凡的庙市，吸引了众多的海内外客商，阿拉伯人、日本人、韩国人，不远万里来这做买卖，那时候的此地有个新罗坊，新罗就是今天的韩国，居住的都是高丽棒子。当年的淮安是最改革开放的城市，白天人山人海熙熙攘攘，到了晚上，城边运河过往的船只“连樯月下泊”，城内“千灯夜市喧”，达官显贵前呼后拥，一个个招摇过市，宴饮游乐诗酒唱酬。

当时淮安的繁华程度，仅仅逊于扬州，如果说那年头的扬州相当于今天的上海，淮安基本上也就是今天的广州或深圳，不仅在全国处于绝对领先，而且还是主要的对外开放港口，难怪白居易会把这里盛赞为“淮水东南第一州”。唐以后的历朝历代，淮安一直保持着相对的繁华势头。相比之下，宋元时期要逊色一些，宋在中途分成了北宋南宋，淮安处于战乱地带，元朝的军事又过于强大，漕运可以走海路，留在淮安的买路钱便少了许多。明清时期的淮安显然更加繁荣，不仅盛于宋元，而且大大地超过了隋唐，它是京杭大运河上能与扬州苏州杭州相媲美的城市，当时有个说法是南有苏杭，北有淮扬。

如果说淮安在唐代的繁华，还有点自由贸易的特征，明清时的兴盛基本上是靠垄断。作为运河途中的重要城市，淮安与它南边的城市扬州相比，它更像一个巨大的官场，能看到的都是肥缺。扬州城里满眼有钱的盐商，淮安城里到处这样那样的官员。在黄河北徙之前，由于淮安位于黄河运河淮河交汇处，地理位置十分显赫，众多的官员在这上上下下走马换将，也就在情理之中。没人说得清楚此地有多少个衙门，负责漕运的最高长官漕运总督在此驻节，负责治水的最高长官河道总督在此驻节，全国最大的内河漕船厂清江督造船厂在这里，著名的淮安漕粮中转仓在这里，国家财政收入占有重要地位的淮北盐运使司也在这里。淮安被誉为“运河之都”绝非是夸大之辞，清乾隆鼎盛时期，今淮安城的楚州区常住人口“不下数十万”，河道总督署所在地的清河区又“猛增到数十万”，有专家把这两个数十万相加，得出的结论是当时淮安人口应该有 60 万，而同时期的南京杭州武汉也不过只有 30 多万的人口规模。

南船北马，九省通衢

1905年1月，淮安官场大放鞭炮欢欣鼓舞，清政府终于下令将江苏省一分为二，这一回是南北大分家，南方仍然叫江苏省，省府仍然在苏州，北方则取名叫江淮省，省府便设在淮安。一人得道，鸡犬升天，江苏巡抚的大权被削减了一大块，高兴的是北方的这一位，级别拔高了一截，成了堂堂的抚巡大人。江淮省的设立一下子带来众多的做官机会，大家弹冠相庆，奔走于南京和淮安之间，轮船公司专门开通了航班，特备小火轮直达南京。南京是两江总督的所在地，会跑官的都去总督府钻营，上行而下效，苏北各地也不断有人跑到新设立的巡抚衙门拜码头，结果“官场晋谒抚军络绎不绝，几于应接不暇”。

可笑的是好日子闹腾了三个月，便偃旗息鼓树倒猢狲散。这时候的大清朝气数已近，禁不起上上下下一片声反对，竟然出尔反尔，再次下旨宣布取消分省。这一来，很多人空欢喜了一场，刚到手的好买卖都没了，顿时人心惶惑，淮安城内外一律罢市，哭天抢地聚众数千人，弹压也没用，急得淮抚一个劲地往北京拍电报，请求暂缓裁撤。最后当然还是取消，就淮安的繁华而言，此次设立江淮省不过是一次回光返照，事实上从1855年黄河北徙，运河的北上运输能力已基本消失，漕粮多由海运，运河的显赫地位已不重要，清政府在此前已经裁撤了南河总督，只留一个漕河总督，接下来，漕河总督虽然被提升为江淮巡抚，可是刚提升又撤销，淮安的地位跟着运河的衰退一落千丈。

淮安的命运与运河息息相关，在运河沿线，像淮安这样一味依赖运河生存的城市，可以说是绝无仅有。连接五大水系的大运河全长约

1794公里，淮安以“九省通衢”的咽喉要地，独占沿线城市的鳌头，很多人想不明白为什么会这样，为什么会在这里形成一个巨大的官场，政府为什么要在这设置那么多的机构。其实只要还原一下历史场景，就不难理解淮安当年繁华的真正原因。地处淮河中下游的淮安位于苏北腹地，东接盐城，西邻安徽，南毗扬州，北方被连云港和宿迁包围，因为处在淮河与大运河的交接点上，“湖广、江西、浙江、江南之粮艘，衔尾而至”，这里是国家的经济命脉。事实上，如果大运河真的畅通无阻，淮安的重要性就会大打折扣，问题的关键是自从黄河改道夺淮之后，运河的梗阻就越来越厉害。

明清时期的商人由南而北，到了淮安，一般都是在清江浦的石码头舍舟登陆，北渡黄河，到王家营去换乘马车，由北而南正好反过来，必须弃车马过黄河，到石码头登舟扬帆，这就是所谓的“南船北马”，或者又叫作“南楫北辕”。因为这样的行旅方式，当时的淮安不仅是这样那样的官多，而且旅馆特别多，譬如在王家营，街道两旁旅店栉比，如果赶上秋闱会试，平时做其他营生的居民为了牟取暴利，也纷纷把住宅改成临时旅店，收入相当可观。车骡厂也多，有记载说，自清真寺以南至黄河大堤，有轿车厂100多家，有48家大车厂，还有七八家骡厂，这些车骡厂皆有镳师保证旅客安全，镳师们个个武艺高强，驰名北道。每到凌晨千车齐发，声闻数里川流不息，是一道很壮丽的景观。

淮安作为交通枢纽和漕运中心，是中国最早议修铁路的地方。一开始想法很简单，南方水路运输成本很低，可以保持不变，将北方的车马大道改成铁路就行。李鸿章在给友人的信中，就说起他曾极力主张国内第一条铁路，应该从淮安修到北京。左宗棠病逝前写给光绪皇帝的遗折，也是强调应该先修这条铁路，认为此举“以通南北之枢，一便于转漕而商务必有起色，一便于征调而额兵即可多裁”。由于保守派的极力阻挠，计划中淮安至北京的铁路虽然最先被提到议事日程上，却一直也没有修成。

反对修这条铁路的理由很简单，是担心洋人会沿着铁路线一路杀到京城，最后，经过种种曲折，其他路段早已开工或者完工，津浦铁路才磨磨蹭蹭开始动工。这时候，淮安的枢纽地位已变得不再重要，芦汉铁路和沪宁铁路已经完工，粤汉铁路正在修，陇海铁路中间的这一段也在修。天下大乱，南方行船北方铁路的局面已不成立，津浦路北上可以有洪泽湖东或西两种方案，选择东面将经过淮安，也就是原订方案，由于顾忌到苏北的洪水，原本应该贯穿江苏的铁路终于决定绕道安徽，改从洪泽湖的西边经过。

这条铁路一修，以交通枢纽为立命之本的淮安，终于失去了最后的机会，淮安人为此痛心疾首。

淮泗交汇古城多

淮安附近在黄河没有改道进入江苏之前，是个非常富庶的区域，民谚有“走千走万，不如淮河两岸”。黄河夺淮彻底颠覆了整个淮河水系，挟带了一万多亿吨泥沙的黄河水，在江苏的苏北境内疯狂肆虐，使得鲁南的沂河、沭河、泗河不能平安入淮，而淮安以下原有的入海河道被夷为平地。

滔滔洪水逼淮从洪泽湖南面决口入长江，无数支流和湖泊被淤浅或被荒废，从此淮河两岸灾情不断，民不聊生。为了保持运河这条大动脉的畅通，以淮安为界，洪泽湖的水位被一再提高，结果导致上游许多村庄城池被淹，最后连赫赫的明祖陵也吞没在了湖水之中。下游的情形更为惨烈，由于洪泽湖已经成为一个巨大的悬湖，它的湖底要比里下河地区高出许多，一遇大水，洪涛奔腾而下，淮扬二府顿时成了泽国。

根据历史文献记载，在淮水泗水交汇之处，曾经有过许多小的古城，譬如泗口城、甘罗城、小青口的古清河县城，这些古城因为洪水的缘故，已经深深地埋入了地下。最著名的应该是韩信城，据专家考证，它应该位于现在的清浦区大运河南侧，是当年汉将韩信的封侯之城。对于淮安人来说，韩信是一位他们要常常提到的历史名人，这不仅仅是因为他出生在这里，而且因为与他有关的一系列故事早就深入人心。韩信从食于漂母，受辱于胯下，萧何月下追韩信，韩信为刘邦确立了楚汉战争胜利的根本方略，率军出陈仓，定三秦，灭赵，降燕，伐齐，直至垓下全歼楚军。虽然已经两千多年过去了，如今淮安与韩信有关历史遗迹仍然很多，有淮阴侯庙，有韩信钓鱼台，有胯下桥，有漂母墓。

很多人都搞不太清楚淮安与淮阴的关系，它们既可以是同一个城市，又可以毫不相干。今天的淮安市早在秦朝的时候就有建置，因其地在淮河南岸而被命名为淮阴县。汉时淮阴属下邳国，西晋时曾为广陵郡郡治，到魏晋南北朝时期，这里是南北对峙的前沿，建置紊乱隶属多变。

南宋时这里是抗金前线，曾一度废淮阴县为镇，并分县西北境置清河县。元朝时又废淮阴入清河，从此，元明清三代淮阴均称清河县。到民国三年，清河县因为与河北的清河县同名，又改名为淮阴县。1951 年设清江市，县与市分治。1958 年市县合并为淮阴市，1964 年市县再次分开，又复称清江市。1983 年清江市改称淮阴市，为省辖市。2001 年淮阴市正式定名为淮安市，而在这之前，离淮阴市不远的地方，有一个县级市也叫淮安市，它归淮阴市管辖，淮阴市把淮安这两个字拿去用了，原来的淮安便改成了楚州区。

这样的变化就是当地人也有些头疼，楚州区自古以来就是有来头，譬如说周恩来是淮安人，这个淮安就是现在的楚州，和淮阴市区并没有什么瓜葛。楚州在古时候也曾经属于淮阴县，后属射阳县，又属山阳县，南齐武帝时曾分山阳县百户置淮安县，淮安一名从此开始。

隋朝的时候设楚州，南宋时改淮安州，元时设淮安路，明清时均设淮安府。民国三年，废淮安府为淮安县，1948 年曾与淮阴县合并为两淮市，时间很短，很快又分开。在这以后，淮安县曾经属于盐城专区，后来又长期属于淮阴专区，1983 年正式属于淮阴市，1987 年撤县为县级市，2001 年改名为楚州。

不能说淮阴市改名淮安市，是为了将国家历史文化名城的桂冠据为己有，这个荣誉本来只是颁给过去的淮安今天的楚州区。事实上，淮阴的历史要比淮安更悠久，一个城市的命名，总是会有这样那样的道理，也难免会有这样那样的欠缺，譬如连云港，放着现成大气有历史渊源的海州不用，偏要用更狭隘的港口来命名。退求其次叫连云市也比加一个“港”着好得多，不妨想一想，大连如果叫大连港该是如何的煞风景。

究竟应该是叫淮阴还是淮安，显然是有过一番激烈的争论，而且很可能在未来还要继续争下去。

日进斗金的洪泽湖

洪泽湖是淮安的生命之湖，有“日出万金”的美誉，如何善待洪泽湖，不仅与淮安人民的切身利益有关，而且关系到整个里下河地区的安危。历史上的洪泽湖就从来不曾太平过，公元 616 年隋炀帝下江南，“春风举国裁宫锦”，时值大旱，行舟十分困难，当龙舟经过此地时突降大雨，水涨船高，舟行立刻变得顺畅起来，隋炀帝一高兴，取“洪福齐天，恩泽浩荡”之意，为此地取名叫“洪泽”。

自从黄河改道入淮，洪泽湖逐渐成为中国最大的人工湖，淮安人沾足了它的光，也吃尽了它的苦头。淮安是江苏境内水运资源最优越的城市，共有 73 条可供行船的航道，通航总行程有 1485 公里。虽然已经通了火车，高速公路也四通八达，船运以其低廉的成本，在当地仍然有着不可替代的优势。位于淮安西部的洪泽湖是我国五大淡水湖之一，也是整个淮河流域最大的湖泊，是我国最大的平原型水库，它西纳淮河，南注长江，东通黄海，北连黄河，湖水面积 1597 平方公里。

如果说淮安是水资源较为贫乏的地区，大家一定会感到十分意外，然而残酷的事实就是这样，淮安是一个水资源“人均占有量少，过境水丰富而利用率低”的城市。资料显示，淮安全市多年平均地表径流量为 21.55 亿立方，人均占有量不到全国平均水平的四分之一。降水虽然丰富，却存在着时空分布差异较大和与上游来水同步的特点，换句话说，这地方洪水来时就泛滥，平时真正可利用的饮用水源并不多。水污染正变得日趋严重，据调查，淮安市 80% 的人都饮用河水，而近二十多年来水质被严重污染，饮水中有许多有害物质，人民群众的身体健康深受影响。由于无锡的蓝藻事件，江苏政府正在加大对太湖的治理力度，相对于太湖，淮安地区的水污染治理有可能更加艰巨，因为此地是多条河流的集散处，污染源头主要是来自上游的河南和安徽，很多难题绝不是靠一省之力就可以解决。明朝的一位皇帝曾经说过，古代治理淮河只是为了“除民之害”，而“今日治河，乃是恐妨国道，致误国计”。现在，运河的畅通已不是问题，传统的水患譬如洪涝与干旱，也对淮安人构成不了什么威胁，但是新的恶魔之剑却又一次高高悬起。

多少年来，淮安人为了国家利益牺牲巨大。为了治淮，在水利工程方面，做出了卓绝的贡献。被称为“水上长城”的高家堰大堤，古称“捍淮堰”，可以追溯到公元 199 年，是省级文物保护单位，正在申报世界文化遗产。

人们漫步在这可与长城媲美的大坝上，欣赏着湖光十色，不能不感叹淮安人 1800 年的奋斗历史。如今，大运河的水上立交可以让水在不同水位，按照人的意愿流向不同方向。这里的水利枢纽是国内最壮观的水利工程之一，它充分地体现了淮安人的智慧，在不到 3 平方公里的范围内，有 30 余座大型的水利工程建筑，密集度如此之高实属罕见。江淮之水在这里重新分配，可以北上，可以南下，涝可排旱可灌，长江淮河大运河苏北灌溉总渠被串通起来，洪泽湖白马湖高邮湖等水系也因此连成一片。

2008 年

范公堤烟雨

范堤烟雨是江苏古盐城最负盛名的八景之一。范堤又名范公堤，以知名度而论，或许还不足以与杭州西湖的白堤苏堤媲美，但是说到它的气势，它对民生所起到的巨大作用，却远比白堤苏堤更为出色。这是一条非常古老的锁海大堤，北起阜城，南抵海安，纵贯南北 15 个市县，全长 462.6 公里，其中绝大部分都在盐城境内。如今，范公堤沿线是盐城经济最发达的地带，这一线人文资源集中，古迹名胜众多，驱车从堤上走过，思古之情油然而生。

宋朝在盐城的东台西溪设立了盐仓监，朝廷曾经先后派过三任负责盐务的官员，这三位盐官都是干才，被誉为“西溪三杰”，他们不仅在任上的成绩突出，而且最后都当了大官，都是官居参知政事。千万别小瞧了这个参知政事，在北宋这职务相当于前代的宰相，基本上就是今天的总理副总理。这个例子也足以见证当年盐政的重要，三位盐官中最后一个是范仲淹，公元 1021 年，范仲淹来到西溪接任盐仓监。

这时候，盐城东台一线，与大海的直线距离，不过是一里路光景，滔滔黄海汹涌澎湃，每逢海潮泛滥，“远听如天崩，横来如斧戕。”原有的海堤因为年久失修，根本经不起风浪的侵袭，堤堰倒塌潮水漫浸的悲剧经常发生，盐亭农田遭淹，庐舍牲畜漂没。范仲淹看着当地老百姓苦不堪言，遂决定上书重新修筑大堤。

1023 年，范仲淹被任命为兴化县令，主持修筑海堤工程。第二年秋天，大规模的修筑堤堰终于正式开始动工，为此范仲淹共征集了通州、泰州、楚州、海州的 4 万民工。民间传说这一浩大工程还与范仲淹的宝贝女儿有关，当时建造堤坝的地址迟迟决定不了，于是范仲淹便采纳了女儿的建议，亲自率领一批民工，将数以万担的稻壳倒进沿海，入夜涨潮了，稻壳随着海浪涌向岸边，等到海潮退后，稻壳留在了海滩上，出现了一条漫长而明显的标志，范仲淹随即率领民工沿稻壳线打上树桩，堤址就此而定。大堤施工历时 4 年多，最终修成堤座 10 米，堤顶宽 3.3 米，堤高 5 米，全长 181 华里的大海堤。

从此，沿海一带的海潮之患被遏制住了。范公堤建成之后，堤东煮海为盐，堤西麻桑遍地，盐城的老百姓受益显著。堤内良田万顷，稻浪千重，堤外海涂深深，风光旖旎。很多人熟悉范仲淹，都是因为他留下的名句“先天下之忧而忧，后天下之乐而乐”，但是对于盐城人来说，却是“海水有时枯，公恩何日已”。“前后筑堤非一人，至今群口推仲淹”，后人为了缅怀这位造福于民的父母官，在盐城境内修建了多处“范文正公祠”，而在老车站附近还修建了纪念范仲淹的“景范亭”。

多少年来，范公堤被一再修筑扩建，随着时光流逝，海岸渐渐东移，堤身已远离海边，至清道光年间，范公堤终于完全失去挡潮作用。1932 年，范公堤被改为通榆公路，再后来就是 204 国道，时至今日，古老的范公堤仍然还是贯通苏北东部沿海交通的大动脉，它进一步被拓宽，经过盐城市区的路段已经成为宽阔美丽的开放大道。

东方湿地之都

说起江苏经济，有一个江南的苏锡常，还有一个江北的徐淮盐，两者相对照，江南的经济明显占据优势。江北的发展却有着重大差别，过去是南高于北，改革开放后，沿陇海线的发展一度比较快，结果便出现了两头高中间低的形势。这些年形势又在改变，大家都在使劲提速，位于中间低的盐城已大有后来居上的趋势。

盐城的最大优势便是它长长的海岸线，甚至超过了江苏从南到北直线距离，总长有 582 公里，占全省的 56%。它拥有着一望无际的滩涂，总面积是 4550 平方公里，占全省的 67%。潮涨不淹的叫滩，潮落才出水的叫涂，在过去年代不是什么值钱的地方，现在都是大可利用的宝地，滩地去碱之后即成沃土，因此盐城拥有了江苏最大也是最具有潜力的土地后备资源。

事实上，盐城的滩涂现在仍然以每年 3 至 5 万亩的规模继续增长，对于人多地少的江苏来说，土地资源是一笔巨大的财富。南宋时的黄河夺淮，彻底改变了整个苏北的格局，由于黄河最终是在盐城北部入海，沿海的泥沙堆积作用大大增强，海岸线迅速东移，唐朝的时候，盐城就在海边上，到了宋朝，仍然是“去海不过一里”。到明嘉靖年间，海岸线东移了 15 公里，到清乾隆年间，又增为 50 公里以上。清咸丰年间黄河再次改道，由山东境内入海时，盐城离海已达 70 多公里。其后，由于泥沙来源减少，射阳河口以北海岸侵蚀严重，废黄河三角洲已蚀去 1400 平方公里土地。好在河口以南的海岸还保持着淤涨速度，尤以东台和大丰两个县级市为最。

从煮海利兴，到废灶兴垦，盐城基本上都是靠天吃饭。相对于南通，同样是苏北沿海城市，盐城的工业基础要薄弱很多，但是近年来，盐城开始大打工业的招牌，已成为国内重要的汽车制造基地。贫穷的帽子正在被摘掉，时至今日，江南的鱼米之乡桂冠，当仁不让地戴在了盐城头上，这里的农产品资源优势突出，是江苏最大的农副产品生产基地，粮棉油禽蛋鱼的种养规模和总产量，均居全省的首位。此外，已探明的石油天然气蕴藏量高达 800 亿立方米，预计总储量达 2000 亿立方米，是中国东部沿海地区陆上最大的油气田。在沿海和近海还有约 10 万平方公里的黄海储油沉积盆地，居全国海洋油气沉积盆地的第 2 位，有着广阔的勘探开发前景。

盐城人似乎厌倦了落后，这些年来，他们跟在富庶的江南后面亦步亦趋，不知疲倦精耕细作发展农业，大张旗鼓招商引资致力于工业。另一方面，盐城人也开始意识到了湿地的重要性，意识到自己不能简单地重复别人走过的成功之路。海侵和淤涨是盐城地区同时面对的两个现象，随着全球气温变暖，环保形势恶化，海平面每增加 1 厘米，都会给沿海地区带来十分的严重影响。盐城拥有了太平洋西岸最大的一片海洋性湿地，在以往的历史里，盐城总是没完没了地向大海索取，人们获得无数的盐，开垦了数不清的土地，因此只要一提到盐城，人们首先想到的就是如何开发，如何尽快得到更高的回报。

一个社会进入到了高速发展时期，那些偏远的经济欠发达地区要想改变贫穷落后，并不是最困难的事情。困难的是如何在促进当地经济发展的同时，保护好人类赖以生态的自然环境。对于盐城的人来说，湿地差不多是一个全新的概念，只是在最近的这几十年才被专家提出来，但是很可能因为这个全新概念，会彻底改变未来盐城的历史进程。如今，盐城已经将自己定义为“东方湿地之都”，它一改当年只知索取不思保护的传统，将蓝天大海滩涂森林草原，与珍稀动植物等生态旅游资源融为一体，未来的盐城将拥有一个国内领先，在国际上也是一流的国家湿地公园。

也许，过不了太久，随着经济水平的日益提高，在生态学观点的指导下，享受和认识自然将成为一种必然。到那时候，盐城将成为江苏境内最为时尚的城市，去湿地尽情享受自然风光，看仙鹤飞舞，看麋鹿奔跑，将自己置身于相对古朴和原始的自然区域，将成为一道独特的生态文化景观。

海之东，江之阳

江苏的南通是一个相对年轻的城市，与省内同等级别的城市相比，它似乎没有那么多的辉煌历史可以炫耀和卖弄。秦始皇统一中国，汉王朝威震海内，所有这些历史课上的家常话，与古老的南通似乎都沾不上边。四海之内，莫非王土，这话也只能是说说而已。凫雉栖飞獐狐窜走，南通的先民生活在草丛荒滩之上，置身远离大陆的世外，沉浸在打鱼和狩猎的活动中，远比当时还没有大开发的江南更加原始。

唐宋之前，今天的南通大都还是一些大海里的沙洲。沧海变桑田的故事，让南通人来叙说最为生动。根据史料记载，南通的前身，也就是一些大大小小的沙洲，大约在公元 7 世纪，才开始与大陆东端的扬泰岗地相接，到 10 世纪的五代之初，已出现在长江口外几百年的胡逗洲，终于与长江北岸相连接，这就是今天的南通城区。

历史上的南通曾经属于泰州管辖，在城区开始与大陆对接的一百多年后，东边大海中的古海门岛又开始与大陆相连。形象地说，南通的地盘就是这么一块块拼起来的。只要你有心，只要你愿意往深处挖，在整个南通地区，到处都有可能找到一条古船的遗骸。上世纪七十年代，南通管辖的如皋境内，几个小孩在一个小池塘里玩水，居然从河底摸出一块很大的木板带回家。村民觉得这事不可思议，于是接着探索下去，结果发现淤泥下面是一条古船。专家们闻讯赶到，用起重机将古船吊起，那时候正好是“文化大革命”，做事有些粗糙和欠考虑，吊起时船身还很完整，到放下时古船就散开了。据测量，这条古船长 17.32 米，宽 2.58 米，舱深 1.6 米，船上有日用瓷器 9 件，都是唐代制品，此外还发现了 3 枚唐代的制钱“开元通宝”。

发现这艘古船的地方，离长江有几十里，离大海有上百里。在南通地区发现“陆地海舟”从来就不是什么稀罕的事情。1985 年，如东汤家园的农民在挖河藕时，发现了一块“古木”，经博物院专家研究和鉴定，竟然是一艘东汉晚期的“独木舟”。到了 1987 年冬，如东掘港的农民挖鱼塘，又挖到了一条元代的海船，船上有一只陶香炉和两只陶罐。

所有这些发现，足以证明南通在古时候是个很偏远的地方。南通人编了一本《历代文人咏南通》的小册子，根据这本书上的记载，似乎找不到什么宋以前的文字记录。在写诗词歌咏南通的古代文化名人中，最早的也就是王安石了。一生好入名山游的诗仙李太白没到过这里，与江浙大有缘分的苏东坡没到过这里，动不动就喜欢“下江南”康熙和乾隆皇帝，也没有到过这里。与李白和苏轼相比，初唐四杰的骆宾王名气要小一些，但是南通人相信自己与他的关系十分密切。骆宾王的《讨武曌檄》当年把武则天本人也给惊呆了，连呼“宰相安得失此人”。关于他的下落有着不同解释，《资治通鉴》说他当时就被当作乱党给杀了，《朝野佥载》说是投江而死，《新唐书》说是“亡命不知所之”，而孟綮《本事诗》则说他落发做了和尚，“遍游名山，至灵隐，以周岁卒”。南通人坚持认为骆宾王最后躲在了“邗之白水荡”，这个白水荡又名白水窝，就是今天启东的吕四。明朝的时候，有人在吕四发现了“骆宾王之墓”，到了清朝，这个墓被移到狼山东南山麓的峭壁前，现在已成为供人游览的一个景观。

同样，为纪念文天祥南归修建的“渡海亭”，不但是很好的旅游景点，同时也可以作为当年这里是边远蛮荒的见证。1276 年，文天祥在被押随元军北上的途中脱逃，几经磨难，在通州卖鱼湾附近渡海南下，与惊恐逃亡中的小朝廷回合，重举义旗，最后虽然没有能够完成挽救南宋的大业，但是南通人永远忘不了这位忠贞不二的民族英雄。

天补之地

一提起今天的滨海城市，人们首先想到的会是旅游度假胜地，想到一片片金黄色的沙滩，想到一栋栋建筑风格迥异的别墅，想到衣着鲜丽的男女游客，想到温暖的海风和绿色棕榈树，这些海边常见的旖旎风光，显然不是南通的真实写照。地处长江入海口北岸的南通，三面临水，一面靠陆，状如菱形半岛，与上海和苏州的常熟张家港隔江相对，境内拥有江海岸线 364.91 公里，是长江入海口的第一个河口港口。作为长江流域进出物资的转运枢纽，作为长江三角洲地区的重要港口，南通已在 1984 年被国务院列为沿海对外开放城市。

这里完全有可能发展成为一个像上海那样的国际化大都市，但是历史并没有把这美好的机会留给南通。让人不得不感到遗憾，或许与大上海挨得太近了，南通不仅不能与它相提并论，与其他省份著名的滨海城市相比，也要逊色许多，起码到目前为止，南通还不具备大连、青岛、宁波、厦门、深圳那样的综合实力。一个城市的发展，通常都是可遇而不可求，滨海城市能够成为亮点，也就是在近代特别是改革开放以后。事实上，只要稍稍考察一下中国城市的发展，就可以发现在历史上海不是一个什么了不得的好地方。在闭关锁国的政府眼里，一个滨海小县城，并没有太大的价值。很长一段时间，南通只是伸向大海深处的一个拐角，是犯人藏匿的好地方，天高皇帝远，老百姓自得其乐。

南通又被称之为“崇川福地”，虽然滨海临江，位于长江口岸绝佳的地理位置，把守着进出中国内陆的大门，这里自古就不是兵家必争之地。偏安于江海三角洲之间，境内地形平坦气候温和，土地肥沃河网纵横，因为少有战乱，人民的生活相对安定和福足。离南通不远的江面与沿海，有确切记录的大小战斗共发生了40余次，这些战斗一般都跟改朝换代有关，对当地老百姓的日常生活影响并不太大。明清时代的海禁，抑制了南通的对外发展，譬如清政府就严格规定，如有打造双桅五百石以上的船只出海者，不论官民，俱发边卫充军，文武官员及地方甲长同谋打造者，判三年徒刑，明知打造而不举报者，官要革职，老百姓要杖一百记屁股。

真正影响生活的是大自然，在生产工具极其落后的条件下，南通的先民只能是看老天爷的脸色吃饭。这里的地理环境，与地处莱茵河入海口的荷兰十分相似，不同之处在于，荷兰人的航海业发达，敢于出外探险，到处去寻找殖民地，南通人干不了这个，他们只能老老实实地在家里待着，煮盐为业或者开垦荒地。

千百年来，围海造田是南通人最可歌可泣的事情，在这一点上，他们所做的努力，完全可以与荷兰人相媲美。自十三世纪以来，勇敢的荷兰人向大海填土争地，为其国土增加了7000多平方公里的面积，相当于其领土的五分之一，南通人历年从大海所争得的土地，已经接近这个数字，因此，南通也被誉为东方的“荷兰”。

当然，向大海争土地从来就不是一帆风顺，斗转星移天道无常，人类在和大自然作斗争的时候，并不是总占上风。唐宋时期，南通土地面积不断增加，到了元朝末年，全球气候变暖，海平面上升，长江主泓北移，江水海浪开始发威，冲刷着已成为平原的南通。整个明朝期间，南通的海门都在不停地崩溃之中，无数村庄沉入了大江大海，无尽哀号响彻了数百年，海门县衙一次次搬迁，结果清朝康熙皇帝接手这个烂摊子时，不得不含恨撤销无土而治无民而抚的海门县治。

今天的人站在狼山前，望着山下滚滚的长江，难以想象这里曾是良田万顷，随处可见炊烟缥缈的村庄。好在海门很快从海底冒了出来，在取消县治的几十年后，海水又一次退去了。新的沙洲再次被改造成了大片良田，大规模的移民又一次从江南和崇明涌过来，筑堰修圩开沟排水。

南通人向大江大海要地的不屈精神让人敬佩，事实上，如果没有几代人的前仆后继，栉风沐雨历尽艰辛，就不可能有今天的南通。南通的这些神奇土地，既可以说是老天爷的恩赐，也可以说是南通人靠自己的奋斗获得。

2008 年

俺心目中的山东人

俺心目中的山东人，肯定不是孔子和孟子，这两个人太一本正经，不适合做一个地方代表。孔孟是中国古代文化的精英，因为精英，就没什么普遍性。

古时候的山东文化，差不多都跑江苏去了，东晋南渡，齐鲁文化人玩了一次集体大逃亡，我所居住的城市南京，动不动喜欢吹嘘六朝人物仙风道骨，其实这些名士大多是山东移民。所以我跟山东人开玩笑，要寻找山东的古风，应该先到南京。后来又有宋朝南迁，文化人又跟着逃命，研究辛弃疾和李清照，就得辛苦一点跑趟江浙。

心目中最形象的山东人是韩复榘，这么戏说，山东的父老乡亲肯定不乐意。首先，这姓韩的根本不是山东人，他的籍贯是河北霸县。其次，也不是小品相声中那么滑稽可笑，他远比我们知道的有文化。实事求是地说，韩青天当年在山东做父母官，这官当得并不太差劲，以政绩论，曾是山东发展非常好的一个时期，他只是太倒霉了，遇上了日本鬼子。

我有一大堆山东朋友，各行各业，个个肝胆相照，豪爽仗义，都爱打抱不平，都可以两肋插刀，也都有那点小毛病，就是爱斗，对谁也不服气。喜欢竞争从来不是坏事，心高气傲斗斗也挺好玩，不过在我这个胆小的外地人眼里，什么事都太较真，太原则，难免造成喜剧和小品的效果，这也是为什么会联想到韩复榘的原因。

一方水土养一方人，这是讲环境的重要。不过我们经常也会忽视人的主观能动性。树挪死，人挪活，山东人从来就不是静止不动，事实上，他们也像水一样流动，在波澜不惊中悄悄改变自己的性格。历史地看，很多古代山东人随中央政府南迁了，把先进的中原文化带到江南，促进了当地的经济发展。同时，他们走了别人也会来，大量的外地移民乘虚而入，又填补了原住民留下的真空。人类学家对今天的山东人进行分析，结论是很多人的先辈，是山西人或者汉化的鲜卑人，这也就是为什么山东人纯朴和好斗，纯朴仿佛山西老农，好斗就像粗犷彪悍的北方游牧民族。

山东与江苏是相邻的两个省，远亲不如近邻，要是知道苏州人的一笔糊涂账，山东人只能哭笑不得。在老派的苏州人心中，长江以北都叫江北，淮河北面应该都是山东。这观点听起来十分天真，却由来已久很有来头。江苏是个年轻的省份，由江南江北淮北三大块组成，历史上的淮北地区，譬如徐州和连云港，与山东渊源更近，民风和饮食习惯也更像。山东建省要早好几百年，面积也大得多，版图一度包括今天的辽宁，对于江苏境内狭小的江南来说，山东已足以代表整个北方。

2008 年 3 月 19 日

梁山印象

脑子里对梁山最初的印象，是小说里的，充满了传奇。水泊八百里梁山，土匪出没英雄汇聚，潜意识中觉得会是一个十分有趣的地方。有人组织旅游，说我们这次去山东，不去泰山，也不去济南，直奔梁山，这地方正在开发，趁还没开发好，赶紧去尝个鲜。

于是就到了梁山，一辆面包车直接开到山脚下。《水浒传》中的八百里水泊早就没了，沧海都能变成良田，八百里的大水早无踪影。梁山已成了光秃秃的一座，说光秃秃也不准确，毕竟还有几棵树，不过树不多，有些荒。到了梁山脚下，水浒中的故事立刻扑面而来，最让人可喜的，是门口小卖部卖的那种小板斧，当然不是李逵使的那种，是小号的，价格不贵，让人回去砍肉骨头的。据说是本地的特产，大家都笑，说幸亏是开车子来的，要不然，坐飞机带着这种小板斧，肯定有劫机的嫌疑。

买了小板斧便上山，山不高，也就南京的紫金山模样。出门登山，也是基本玩法之一，在梁山，有趣的是可以骑马。很多农民牵了马来，围着游客一个劲地嚷。我们一行，最先上马的是陈村，他行动不便，偏偏又最有童心，翻身上马，有点像当年入侵中国的日本兵，孩子气喊了一声，由农民牵着马，一颠一颠地上山去了。大家受他影响，纷纷上马，我和舒婷走在一起，当地的农民都是全家出动，为我们牵马的显然是一家人。我的那匹马腿有些跛，行至一半，又换了一匹。

骑马上山，有趣而不舒服。我生性胆小，不是当梁山好汉的料子，尤其开始时，是一条跛马，上上下下都有一种凶险的感觉。相比之下，反而是舒婷有几分潇洒，真不愧是女诗人，牛仔裤皮背心，活脱一个西部牛仔。老实说，那马虽然有人牵着，毕竟是在上山，马蹄在石头上敲击，有时也打滑，那声音听上去都吓人。感觉中似乎还冒出了火花，也许是联想丰富的缘故，事后想想，立刻明白不太可能。马掌是铁钉的，铁和石头撞击，速度也不快，没那么悬。

因为心情有些紧张，路过风景点，也没来得及仔细看。仔细看，也看不到什么。这里的所谓景点，不外乎伪造的水浒故事，无非是杀人越货，譬如“黑风口”。光天化日之下，想象不出这里曾经有剪径的强盗跳将出来。终于到了山顶上，是梁山泊一百〇八条好汉聚会的地方，可惜建筑都是新的，说不出好来，仿佛是到了电视剧的拍摄现场。两侧的厢房里，竖着好汉们的雕像，有真人那么大，甚至比真人还大，但是远不如我小时候有过的泥人梁山好汉可爱。也许是小孩的眼光，和成人的眼光不一样，反正在旅游景点，如今已很难让人看到满意的雕塑。按照我的傻想法，与其劳民伤财，不如留些想象的空间。

梁山的民风似乎还有些古韵。当地出一种很烈性的白酒，记得也是与《水浒传》挂了些钩。我因为不能喝酒，见人豪饮，便乖乖地在一旁看热闹，有了插嘴机会，忍不住就劝人少喝一些。同去梁山的，有几位李白的弟子，见了酒眼睛亮，见了能喝的定要过招。那天是梁山的县长和旅游局长请客，目的无非希望作家朋友笔下留情，宣传一下梁山。酒喝着喝着，热闹起来，学着梁山泊好汉的样子，突然用大碗喝起酒来，旅游局长经不住闹，偷偷地跑了，众人就起哄，于是县长发话，说临阵逃脱，这不是我们梁山人做的事，派人把旅游局长找来，旅游局长红着脸跑进来，说自己前不久刚做过手术，酒不能这么喝。县长说，你不能跑，跑了，丢我们梁山好汉的人。

事后为梁山的旅游局设想，开发旅游，不打《水浒传》的牌，不行，总是在《水浒传》里兜圈子，也不行。制造出来的人文景点，无论如何，都摆脱不了伪劣的恶俗。当地民风淳朴，这是游人容易感兴趣的地方。其次，梁山的山远不如水，由于黄河改道，当年的八百里水面没有了，却还有一个东平湖，这是山东的第二大湖，利用这湖，大有文章可做。不过，去梁山最值得一看的，还是黄河，此地的黄河极险，是最惊心动魄的地段。大约是因为黄河在这里拐了一个弯的缘故，大片大片的土地，被定为二级湖，所谓二级湖，就是一旦黄河发大水，在这里将开闸泄洪。

我忘不了在黄河大堤上漫步时的心情，此时的黄河水位很小，走下大堤，往前走好大一段，才能到达水边。无法设想这条浑浊不堪缓缓东去的大河，发怒时会有什么样的波澜壮阔，不过只要看一看大堤上的准备工作，便不难想象可能会有的情景。高大的堤坝上，像城堡似的堆着石块，一堆又一堆，始终处于一种临战的状态。为了便于救险，沿堤岸还修了小铁路。防洪抢险，是此地百姓多少年来的头等大事，不仅是为了自己，更是为了别人。

忘不了那些被称之为二级湖的大片土地，一眼望不到尽头，也许经常被水淹的关系，这里的土壤特别肥沃，庄稼长得喜气洋洋。根据规定，在二级湖地段，不应该有居民，但是很多人已偷偷地在这里盖了简易房子，生儿育女。为了下游的安全，特别是为了那些工业发达城市，大水来临时，超过一定限度，这里将开闸泄洪，眼前的这片绿油油的庄稼，会立刻变成一片汪洋。大家都知道梁山泊好汉的故事，对于黄河边普通百姓生活中最习以为常的一面，恐怕没多少了解。在这里，我们可以感受到人类的不妥协，感受到人类如何为自己，又如何为别人。在这里，我们能看到最好的人文精神。这里的老百姓世世代代离不开水，水是他们生命的一部分。为了自己的生存，他们和水斗，一次又一次地战胜了水，为了别人的生存，他们又一次次地放弃到手的胜利，做出巨大牺牲。不管这些牺牲是否心甘情愿，事实是他们不止一次地这么做了。

从大堤上看黄河，那是很美的风景，大河落日，野鸟齐飞，水小时，绵延数百里的沙滩裸露着，反射着太阳的余晖，水大时，波涛汹涌，黄河水奔腾而来，又扭转身体，落荒而去。“一千里色中秋月，十万军声半夜潮”“黄河之水天上来，奔流到海不复回”。如果这里被开发成旅游景点会怎么样呢，起码我是很乐意去看一看。

1995 年

登泰山看雾凇吃驴肉

计划去泰山，在济南赶上雾霾，好大的雾，好厉害的霾。尽管爆表，行程也改不了，只能将就。每人发个口罩，都不肯戴，都觉得一行人戴着口罩，仿佛电影恐怖片。好在大多数时间车上，隔玻璃往外看，一阵阵感慨。

天色灰沉沉，一切都显得不真实。先去孔孟故里，孔庙孔府孔林已谒过，孟子老家路过，没去，这次算补课。雾霾太恐怖，感觉高速会封，果然封了，昏暗中看见警察同志在挥手，知道事情不妙。这没商量，高速公路走不了，走国道。速度就慢下来，紧追慢赶，总算把孔孟之乡拜访了。匆匆又匆匆，最后一站孔府出来，天完全黑，再赶路，晚上住泰山脚下。

1979 年暑假，和大学同学登过一次泰山，好不容易到山顶，正遇上大雾，几步之外不见人影。当时就想，反正看不清楚，干脆下山吧，于是扭头走人。因此名义上登过泰山，其实什么没看到。心想这次肯定好不到哪里，或者更差，起码当年是雾没霾。

第二天天气放晴，一夜大风，雾霾没了。阳光灿烂心情大好，兴致勃勃去坐缆车，得到消息是风太大，缆车停运。刚好起来的情绪立刻沉重打击，一行人七嘴八舌，不知道怎么办，最后决定坐汽车去半山腰的中天门，真没缆车，聊胜于无地看看，蹓跶几步，也算登过泰山。

中天门一无可看，风太大，几天前下过一场大雪，所处位置没阳光，更加阴冷。见不到几个人，有人去交涉，希望缆车营运。忽然间，空中的缆车动起来了，去的人回来汇报，要在风中先试运行二十分钟。然后呢，终于坐上缆车，“牛喘四十里，蟹行十八盘”的艰难路程，转眼大功告成。我们的好运气开始了，缆车上往外看，万里无云，和此前严重雾霾尖锐对照。

远看山顶上怪怪的，一种难以描绘的色彩，有些蓝有些灰黄，看上去很不真实，走近细看，才知道是雾凇。造化钟神秀，雾凇之神奇让人震惊，我们是第一批到达南天门的游客，登泰山绝顶，没有一览众山小，反倒被眼前的雾凇给迷住了。这是我第一次见到如此美妙的景色，因为雾凇的晶莹剔透，一次不顺利的泰山之行，最终的句号非常圆满。登泰山机会很多，有了缆车，上山并不困难，有幸遭遇千姿百态的雾凇，实属难得。

晚餐在泰山脚下一家驴肉馆，写着百年老店，顺其自然就进去，味道好极了，大快朵颐。民谚有“又吃粽子又醮糖，又讨便宜又卖乖”，一顺百顺，小人顿时太得意，登泰山看雾凇吃驴肉，雾霾引起的各种不快和担忧，似乎很可笑地已不复存在。

2015 年 12 月 7 日

我们该喝什么茶

过去交通不便，江南人北方经商做官，思乡情切，春天里尝鲜喝上一口新茶，就仿佛重回故乡。渐渐地，喝春茶成为一种时尚，稍有点文化的都喜欢卖弄。以江浙人为例，动辄龙井碧螺春，必定明前雨前。

其实会喝茶的心里也明白，好的雨前并不比明前差，谷雨和清明相差一个节气，以名贵论，明前更占上风，说起耐泡经喝，说起性价比，显然还是雨前茶。记得小时候，父亲在春天要买很多新茶，那年头没有冰箱，连塑料袋都很少见，最好的贮存方法是搁在热水瓶里。

我们该喝什么茶，本来不是个问题，更没有统一标准，爱喝什么喝什么，跟谈恋爱一样。认识的很多人，天天喝茶，喝高档的好茶，基本上不花钱买。过去茶叶是贡品，各地都把好茶往京城送，皇帝又不知道什么茶好，由着太监们乱说，因此喜欢喝茶的只相信自己口感，绝不会把御茶贡品当回事。我觉得今天最大的糟糕，大家都不从口袋掏钱买茶喝，别人送，单位里发，于是都被动地喝，人人都像皇帝一样，闹不明白什么茶更好。

烟酒茶可以很贵很贵，相当地贵，抽中华烟，喝茅台酒，白抽白喝，那是成功人士的标志。判断茶好坏通常是价格，天价已不新鲜，再贵都不会离谱。喝茶的真实心境，已从平常变态为猎奇，与质疑好烟好酒一样，往往是这玩意真的值这么多银子吗。属于日常的东西，一旦变成高贵礼品，难免失去本性，失去基本判断，白吃白喝会让人的味觉变得迟钝，让人的品格变得低俗。喝茶本来只是一种习惯，如果自己花钱去买，会非常简单地选爱喝的那种，而且不排除价廉物美。这世界上并不是人人都大款，只有自己破费，人们才会知道什么是最合适。

现如今的喝茶，又多一个讲究，增加了一个难度，那就是要安全。就算我们已准备掏钱，有很好的品茗经验，也不知道买什么样的茶才正确。贵不一定好，便宜很可能一定不好。茶叶的污染众所周知，有太多原因，废气，化肥，灰尘，为了获得暴利的造假。谈虎色变有些夸张，但是谁也不敢说我们天天要喝的茶，没有这样那样的严重问题。国家质检部门对茶叶有一系列强制检测标准，重点是农药残留和重金属铅含量，这些检测都非常专业，我们不过是普通消费者，绝不可能仅仅凭口感就能判断。

曾向一位茶叶专家请教，究竟喝什么茶才更安全，是绿茶，还是红茶，或者铁观音和普洱。专家笑着解释，说所有的茶都应该是安全的，起码在理论上，前提是种植和加工的时候，它们没有被污染过。

2008 年 3 月 28 日

在凤冈喝茶

凤冈位于贵州东北，离湖南张家界并不太远，与沈从文的故乡凤凰更近。这些年因为茶叶好卖，外出打工的农民纷纷重返家乡。我对贵州印象一直很好，加上这次的凤冈之行，已是三次拜访，地点不一样，感觉差不多。

贵州人很幽默，介绍自己喜欢说一个穷，尤其面对所谓发达地区的客人。现在发达常和 GDP 捆绑，贵州让“三言二语”活生生坏了声誉，舆论的作用巨大，天无三日晴，地无三尺平，人无三分银，再加夜郎自大和黔驴技穷，要想平反申冤，改变陈旧观念还真不容易。

贫穷不是什么坏事，共产党的天下就靠这个才获得，“出身三代贫雇农”曾经非常时髦，远胜于当下的流行词大款。我们已习惯炫贫不露富，即使在今天，撇开意识形态，理直气壮地宣扬穷仍然不算丢脸。时代在发展，风水轮流转，大家心里都明白，发达地区常以牺牲环境为代价，当污染成为严重问题，贫穷地区凭借绿色和生态，便足以让人刮目相看。

说老实话，此行的目的是为了喝好茶，可惜只喝到了很贵的茶。好有不同标准，这里好茶价格之高，谁听了都会闻之变色。或许不喜欢太嫩的缘故，对只喝芽尖总有点反感，一味地追求嫩，是暴殄天物，我不嗜辣都嫌太淡，贵州人成天辣椒，必定会觉得淡出鸟来。茶的好坏不应该仅仅是嫩，是尝鲜，八十年初，我在杭州九溪喝过一次龙井，那种奇妙的口感真让人终身难忘。

采茶的时间显然有大学问，古人称早采的为茶，晚采的为茗，各有千秋。不用太着急，别老是惦记那些刚冒出来的芽尖，我们可以迫不及待地喝茶，也可以坦然地品茗。看看地图就明白，贵州比喜好新茶的江浙更偏南，为了这个原因，春芽要早一周或十天半月。江浙不可能有那么多明前茶，如果大家遭遇太多，就不妨猜想它的真实身份也许来自贵州。其实问问凤冈的茶农就知道，每年清明前跟季风一样，江浙茶商会纷至沓来，有多少收多少。凤冈新茶作为第一等的原料，不仅供应江浙，以产乌龙茶著名的台湾同胞也已虎视眈眈。

除了季节上的绝对优势，绿色环保是贵州的最大品牌，无论我们怎么追求喝茶品茗的口感，安全还是第一位。没有工业污染的好处，已在黔北的凤冈充分体现出来，而且越来越显著。这里的大片茶园因此有着非常美好的前景，进可以精研茶艺博采众长，生产出高品质有特色的名茶，退可以源源不断地单纯输出，成为生产各类名茶的原料基地。

也许有一天像喝茅台酒那样，会流行凤冈龙井和凤冈乌龙，当然，凤冈是指原料产地，龙井和乌龙是指加工方式。

2008 年 3 月 30 日

芥子园在什么地方

浙江朋友来南京玩，狡黠地问芥子园在什么地方，我立刻犯糊涂，一时真答不出来。他早料到结局，笑着说在兰溪，我连声嚷嚷不可能，芥子园在南京，众所周知，差不多文化人都晓得，怎么会跑到浙江去。

朋友为家乡辩护，说李渔是浙江老乡，籍贯是兰溪。我听着不乐意，说李渔在江苏长大，一口苏北话，与浙江的关系，也就剩下一个籍贯。这话有点较真和赌气，李渔叶落归根，毕竟死在杭州。胡搅蛮缠地抢夺历史文化名流，不仅有失风度，而且十分俗气。但是就算李渔是浙江人，人是活的，园子是死的，芥子园明明建在南京，怎么可以把它移到浙江兰溪。

朋友说，上网一搜索，就知道它在哪了。他拿出笔记本电脑，无线上网查询，果然跳出许多崭新的图片。我看了不以为然，原来是个货真价实的假货。朋友说知道它假，问题是真的在哪，又有谁能拿出一个真货。芥子园早没了，它曾经辉煌一时，大出风头，然后无影无踪。人去园废，沦为菜地，盖起了房子，旧房没了，又盖起新高楼。

今天，专家或许能告诉你大致什么地方，譬如南京城的西南处，譬如秦淮河边，说白了，也就是给人一点历史信息和文化破烂。

李渔搁历史上，是个可有可无的人。不喜欢的，觉得他旁门左道，聪明过于学问，立身不谨，甚至有些下流。喜欢的，认为他非常了不起，多才多艺，戏曲和小说都玩得不错。他的喜剧，与同时代的莫里哀可以一拼。代表作《闲情偶记》，后来的很多文化人极力推崇。他在南京的别墅芥子园，被誉为园林艺术的经典，而在这编辑出版的《芥子园画谱》，成了中国画的教科书。

文化正在变得越来越时髦，李渔的行情也越来越看好。重建芥子园，成了许多有识之士的梦想。浙江人捷足先登，南京方面也在喋喋不休，为选址暗暗较劲。园址应该在什么地方，公说公理，婆说婆理，个个理直气壮。我们总是习惯再造历史，政协委员毅然请命，政府官员慷慨立项，劳民伤财在所不辞。为此，我的观点很简单，真迹既然不存在，假的赝品建哪都多余。

不妨把芥子园建在内心深处，人的脑袋只有椰子那么大，却能装下万卷诗书。如果我们的心里有，现实世界是否重建一个芥子园，已根本不重要。如果没有，再造十个八个也白搭。重建芥子园，完全可以成为虚拟的事实，按照这个思路，尽可能地出版李渔原著，多写一些与他有关的文字，充分发表不同观点，编丛书或出刊物，在网络上建立一个专门的网站，让物质的芥子园变成精神的文化家园，少花钱，多办事，何乐不为。

2008 年 7 月 4 日

喜欢杭州的理由

喜欢杭州的理由太多了，太多，就说不清楚。南宋的开国皇帝应该最明白这其中的道理，当年岳飞坚决反对他在杭州建都，最堂皇的借口是王室不可偏安，要建首都，就应该建在南京。自古金陵有王气，而且虎踞龙蟠，有长江天险可挡，有高山险要可占，所谓可进可退，攻守俱佳。武人持这样的观点倒也罢了，偏偏文人也是这样的议论，身为北方词人的辛弃疾，身为南方的浙江诗人陆游，都坚决反对建都杭州。甚至杭州后来已经被定为南宋的国都了，陆游仍然魂牵梦绕，写下了“梦里都忘困晚途，纵横草书论迁都”的诗句。

平心而论，就事论事，以建都而论，怎么说都是建在南京为好，宋高宗也不是个能说会道的主，在爱国将领的逼迫下，在文化人的嚷嚷声中，颇有些结结巴巴。好在那时候的杭州，还没有“暖风熏得游人醉”的恶名，游人也暂时不会把“杭州当汴州”，高宗情急之中，找到一个几乎是站不住脚的理由，可就是这个站不住脚的理由，倒让他给站住了。

宋高宗有他的一句至理名言，这就是要搞好一个国家，关键在于“修德行而不在择险要之地”。高宗的意思，无非是强调思想工作的重要性。作为一个领袖，他不敢用杭州的风景殊好来为自己辩护，于是就大唱高调。皇帝唱高调，老百姓是一点办法都没有。皇帝的话是金口玉言，他真这么说了，也就这么定了。事实证明宋高宗还是个有眼光的君主，投降主义路线也好，偏安偷生也罢，以一个南方朝廷维持的寿命之长，杭州的建都时间，超过了有着“帝王之气”的南京任何一个朝代。

并不能假设宋高宗是因为留恋西湖的美色，才有了在此建都的念头。这种假设过于浪漫，说着玩玩，也没有什么不可以。谁都知道，把这皇城建在了杭州，把国家的基础扎在西湖边上，气息方面确实弱了一些。生活在这一片锦绣河山里，无论你怎么修德行，说得再好听，骨子里还是软弱，南宋无论怎么夸奖它，也和强大二字挨不上边。

只能这么说，皇帝也是人，是人就会有爱美之心，是人就会喜欢湖光山色的美丽。慈禧太后她老人家当年为什么要建颐和园，还不是做梦都想把杭州的西湖美景搬到北京去，要不后人介绍颐和园，也犯不着说这个像苏堤，那个是抄袭了白堤。

我有画画的朋友，在他的心目中，南宋的画，代表着中国绘画的最界境界。他总和我开玩笑说，国是国，家是家，一个国家强大不强大，都是相对的。一个时期的画好不好，才是绝对的，好就是好，不好就是不好。这就和杭州这个城市一样，美丽二字，不用怀疑。

大约八十多年前，上海的外国人哈同带着中国老婆到杭州游玩，在西湖边一坐，便动了买地造房子的念头。其实在这西湖的边上，也不是没什么私人宅子，只不过都是中国人的，卖给外国人，这好像还是头一次，因此特别招骂。哈同夫妇两人喜欢杭州的理由，说起来耐人寻味，就是此地有活山活水。

看到了这活山活水，皇帝会动凡心，洋人不怕挨骂。要说我自己喜欢杭州的理由，也可以随便挑出一二，譬如自行车，就是在这里学会的。读中学期间，有一年到杭州去玩，住在浙江大学，是“文化大革命”的后期，一个亲戚住在图书馆大楼里，我闲着没事，就在大楼过道里学骑车。那是我对杭州最初的印象，什么西湖，什么灵隐，都没往心里去。只惦记学自行车，那房子巨大，过道很长，直直地一路骑过去，要跌倒下来，正好可以扶住两边的墙壁。

一个下午学会了骑车，然后就在校园里兜圈子，浙江大学是中国最漂亮的大学，我那时候还是个孩子，对校园环境优美无动于衷，感觉非常好，只是因为刚学会骑车。记得一开始不怎么会用刹车，大着胆子横冲直撞，沿着坡道一路滑下去，速度飞快，自己心里十分紧张，吓得路过的女大学生哇哇直叫。

说出来很煞风景，第一次到杭州，年岁小，玩心重，除了学会骑车，能记住的，便是奎元馆的面条。当时好像改名叫“工农兵”面馆，因为嘴馋，吃了再也忘不了。几年以后，已经上大学，好端端的，正上着课，突然想起了奎元馆，便在江南三月，拉了一位同窗好友，兴冲冲逃学到杭州。从南京到杭州有三百多公里，骑自行车，得花两天时间。一路上，多少有些疲乏，便用“奎元馆”三个字为自己打气，用“脆鳝面”为同学鼓劲。

终于进了城，逮住别人先问西湖在哪个方向，然后对着西湖直冲过去，好像一定要到了西湖边上，才算真正到达杭州。二十多年前，沿着西湖骑车，真是神仙的日子。我现在甚至记不清那次去没去奎元馆，真看到了西湖，吃不吃已经不再重要。写到这里，我突然想到了哈同夫妇所说的“活山活水”的确切含义。

别处也有山，别处也有水，和西湖的山水一比较，那个“活”劲立刻弱了许多。人到西湖边，疲乏顿时无影无踪。以杭州的山水为参照，为样板，偌大的一个中国，还真找不出另一个可以媲美的城市。虽然这是我第二次到杭州，后来还有第三次，第四次，次数多得自己都绕不明白，但是这一次的美好感觉最具有冲击力，影响最深刻。我忘不了当时看到西湖的那种亲切。说白了，只为了在这西湖边，停上那么一小会儿，辛辛苦苦地骑车三百多公里，值得。

2003 年 9 月 26 日

金华二记

金华的双龙洞

二十一年前祖父过世，父亲为了写纪念文章，让我抄写老人家日记。就在祖父的书桌上，我毕恭毕敬地誊写，当时 1988 年，具体摘抄的日期是 1957 年上半年，正是祖母去世前后。

祖父祖母的感情非常深厚，我们做小辈的常被教育，应该向他们学习，要以他们为榜样。祖母过世，祖父的悲伤难以用笔墨形容，只说书写卧碑这件小事，祖父按石头大小拼了纸张，写了“我妻胡墨林墓”六个大篆字，每行两字，分三行，然后写了一首五绝，是用我祖母的口吻，“人情实太好，与我大有缘，一切皆可舍，人情良难捐”。诗左又有三行正楷小字，“墨以一九五七年三月二日谢世，先十日为余说此意。呜呼！心系人间，骨归泉壤，用铭其墓，来者鉴之”。这么多的字如何布局，大小如何合适，祖父前后琢磨了一个星期。祖父生前，我常看到他为人写字，大都一挥而就。

这以后到了三月底，祖父便离开北京黯然南下，他不是个爱游山玩水的人，此次出门东游西逛，差不多有五十天。去了武汉，去了广州，又去了浙江和江苏。浙江除了杭州，还去了金华、温州、黄岩。因为有金华一游，便写了《记金华的两个洞》，这篇文章的一小部分，被改名为《金华的双龙洞》收入小学课本，结果很多孩子都读到了。

收入小学课本的具体时间弄不清楚，问身边的人，有人说读过，有人说没有，但是确实有很多人知道。我的小学是在“文革”中度过，印象中绝对没有这篇课文。无论过去还是现在，选入课本和教材意味着可以获得更多读者，会产生让人意想不到的印象，因此金华的有关方面，竟然请书法家用很大的字抄写，用巨石刻了碑竖在双龙洞门口。

今年盛夏，我与陈村兄相约一起游金华，就在这块碑前，他要为我照相留念，一边拍摄一边调笑。我心里无限感慨，首先，祖父一生都是低调，他要是知道这事，肯定不会赞成。其次，我太知道祖父当时心情，祖母的早逝正像刀子一样剜着他的心，“孤灯不明思欲绝，卷帷望月空长叹”，祖父寄情山水，无非“入室故迟迟”，心里时刻都在惦记祖母。

祖父这篇游记写于 1957 年 10 月，这时候，正是父亲被打成右派之际，这等于在不痛快的祖父心头，又添一层新堵。文章发表在《旅行家》杂志上，细心的读者一定会发现，轰轰烈烈反右运动中，这篇游记风格其实很沉郁，有些压抑，有太多平淡，还有一些浅浅的痛楚。

选入课文的《金华的双龙洞》被删节加工，变得更简洁，更适合小学生阅读，不过不是原汁原味，原文中“我不感兴趣，虽然听了，一个也没有记住”，这些话已不复存在。

在金华的李清照

和辛弃疾一样，李清照也是山东人，都是我最喜欢的诗人。到了南宋，两位地道的北方人仓皇北顾，一起逃到江南做义民，中年老年都在南方度过，说他们是南方人也不为过。这次去金华，导游小姐为大家背诵李清照留在当地两首诗词，我恰巧过去也背过，觉得十分亲切。

组织这次活动的《华东旅游报》要我们写几句话，不知道陈村兄如何措辞，反正我因为想到李清照，便随手写了如下意思：

> 到金华就会想到李清照，就会想到她留在这的一首词和一首诗，词十分婉约和悲苦，诗非常豪放和激昂。景色依旧，物是人非，今天的金华显然要比过去更美好，“江山留与后人愁”，美景如此，何愁之有。

写完了意犹未尽，觉得有必要补充几句。先说那首词，“风住尘香花已尽，日晚倦梳头，物是人非事事休，欲语泪先流。闻说双溪春尚好，也拟泛轻舟，只恐双溪舴艋船，载不动许多愁”。这首词集婉约之大成，一个“载不动许多愁”，变虚为实，悲苦之情跃然纸上。

再说那诗，“千古风流八咏楼，江山留与后人愁，水通南国三千里，气压江城十四州”。同样是写金华，同样是写大好河山，诗和词气息完全不一样。李清照显然更传统，在她看来，词乃诗余，诗和词各有所宗，形式不一样，反映的内容也不应该一样。词有词的写法，诗有诗的规矩，标准不同，二者不能合而为一。境界上看，无论词还是诗，都属于第一流。

《儒林外史》中的书呆子发议论，认为八股文做好了，玩什么都行，要诗就诗要赋就赋，一鞭一道痕，一掴一掌血，否则就是野狐禅。这观点当然迂腐，也不无道理。兼听则明，偏信则暗，好的写作者总是要遵循游戏规则，这就好比写古诗必须押韵，要讲究平仄。要想突破，首先要知道怎么才能突破，要知道分界线在什么地方，否则便是没头苍蝇。

李清照是位心高气傲的女诗人，就写作而论，实在是有些真本事。学诗谩有惊人句，评论家常推崇她后期的作品，理由是生活历练，她的晚年十分不幸，所谓不平则鸣，愤怒出诗人，不过显然只说对了一半。写作有时候就是会写不会写，就是你能不能写好，考察李清照前期的诗词，我们不难发现，她的优秀同样不容置疑，真正的写作高手，体物之工抒词之雅，丝丝入扣针针见血。

造化弄人，是生活决定了我们的写作，可惜不能写或者不会写，终究还是白搭和落空。说白了，李清照在哪都能写出不朽篇章，碰巧她来过金华，这就是此地的幸运了。

2009 年 8 月 15 日

长征，众所周知的故事

一

二十多年前，一个美国老人心血来潮，风尘仆仆跑到中国，沿当年红军长征走过的路，走马观花考察了一番。这一路很辛苦，历时三个多月，对于一个已经七十多岁的老人来说，实属不易。他此行的目的，是想再现长征的历史。这个愿望由来已久，但是直到 1984 年，压抑在心头的愿望才得以实现。很快，一本关于中国红军长征的书，在美国出版了，又在很短的时间内，引起轰动，销量极好，上了排行榜。

这本书的名字叫《长征，前所未闻的故事》，写书的美国老人叫索尔兹伯里。20 世纪 80 年代中国开始改革开放，历史总是和现实紧密相连，凡事都讲究水到渠成，早了不行，晚了也不行。早在十二年前，中美刚刚恢复邦交之际，索尔兹伯里就向当时的总理周恩来提出申请，准备要写这样的一本书，结果却是没有下文。假如再晚十年八年，显然也不行，首先是索尔兹伯里自己已于 1993 年去世，而他采访过的许多老红军也都相继离开人间。

索尔兹伯里是美国著名的记者，在他的书里，我们看到了一名职业记者所特有的优秀素质。大多数中国人的心目中，长征众所周知，用不着再唠叨，小学中学大学课本一再提到，各式各样的回忆录连篇累牍。偏偏是这本书悄悄地改变了人们的既定观念，引起了大家的重新思考，让众所周知的故事，开始变得前所未闻起来。我一直想不明白，为什么不是一位中国作家来撰写这样一本书。就像另一本红色历史的名著《西行漫记》，非要由美国作家斯诺来完成一样，我们总是拱手把大好机会送给外国人。中国的人和事，写成了英文然后再翻译过来，出口转内销，结果是我们要借助别人的眼睛，来看自己的历史。

我不得不佩服索尔兹伯里的写作效率，佩服他具有的独到眼光，对资料的把握，对第一手资料的看重，最后令人心服地写出这本好看的读物。事实上，我们从来就不缺少这方面的文字，在我的少年时代，读到了太多的长征故事。长征是一出英雄传奇剧，红军是我崇拜的偶像，爬雪山过草地一直为我所向往。如果重新回到那个年代，我会毫不犹豫地加入到红军的行列。

二

今年初夏，一个女孩子打来电话，问我愿意不愿意爬雪山过草地，重走当年的长征路，我犹豫了一下，答应下来。犹豫的原因，是我知道在今天的背景下，爬雪山过草地，注定只能是象征性的，货真价实地进行，自己身体状况不允许，主办单位也不可能来冒这个险。所谓长征，肯定是一次公费旅游，形式一定会大于内容。

事实也是如此，我并没有因为这次亲历现场，置身于雪山和草地，就感受到更多新的东西。一切都像预料的那样，蓝蓝的天，白白的云，青青的山，绿油油的大草原上点缀着黄色的小花。到处是一片美景，静静的柏油路伸向远方，鸟儿在天空上飞翔，藏民在草原上放牧，一只黑乎乎的大藏獒在驱赶羊群。事过境迁，雪山草地已完全没有了应该有的狰狞。这完全不是我想象中的情景，跟记忆深处的那些往事画面丝毫不搭界。

英国作家德波顿去法国旅游，在普鲁旺斯寻找梵高的踪迹，情不自禁地想起了前辈作家王尔德评论另一位画家的名言，“在惠斯勒画出伦敦的雾之前，伦敦并没有雾”。德波顿感慨地意识到，根据同样的道理，梵高没有画出令人惊艳的美景之前，普鲁旺斯的美丽风光也不存在。美需要一双特殊的眼睛去引导，毫无疑问，红军经过的雪山草地，作为一个早已存在的自然景观，它们只有沾上了红军的足迹，才有了后来的特定意义。我琢磨着草地的威力，想象着它无言的巨大能量。据说对红军造成最惨重伤亡的，就是这看似温柔，却到处隐藏着陷阱的大草原。茫茫大草原对红军的消耗打击，既是肉体上的，也是精神上的。沼泽地软得像豆腐一样，随时随地会吞噬战士的生命，很多人就是在这里消失了，然而致红军死亡的原因很多，远远地超出被沼泽地所吞噬。“天阴雨湿声啾啾”，事实上，在草地上冻死的，饿死的，绝望而死的要更多。索尔兹伯里从一位幸存的医生那里探听到了当时人对杳无人烟的恐怖：

> 没有人，一个也没有。你要了解我们中国人的习性。我们从来没有过这样的经历：看不到人的影子，听不到人的声音，也没有可以谈话的人。没有人从这条路上走过，没有房屋，只有我们自己。就好像我们是地球上最后一批人……道理就在这里，这就是人们死亡的重要原因。

这是一个容易被忽视的史实。我们常常要提到的，是国民党几十万大军的围追堵截，是国军的无能，是地方军阀的钩心斗角。长征制造了中国的历史，完成了一段胜利者写就的神话。

几年前的秋天，我曾经路过这片大草原，那次留下的记忆要深刻一些。突然变天了，转眼间大雪纷飞，天低云暗，绿色的大草原顿时改变了颜色。然而，即使是在这样恶劣的气候条件下，我仍然无法沉浸到过去的岁月中。坐在舒适的豪华大巴里，享受着空调，座位上放着一件可穿可不穿的羽绒袄，我知道自己纯粹是一个观光客。满车的惊叹声，男士和女士的说笑声，不时地在提醒着我自己只不过是一个旅游者。尽管手上拿着一张历史的门票，作为局外人，我永远也回不到过去。

三

爬完雪山，过了草地，有幸在三大主力会师的甘肃会宁，聆听一位老红军做报告。一切都是主办方事先安排好的，我没办法掩饰失望，因为见到的这位老红军，和卓越艰苦的爬雪山过草地，并没有什么直接关系。

毕竟过去七十年了，长征的幸存者已所剩无几。夸大这次行程的收获是不真实的，虽然见到雪山，见到草地，看到了一些宣传材料，听了无数解说，我不得不承认，自己的这次行万里路，没有任何可夸耀之处，远不及读过的几本书。

我读过形形色色关于红军长征的书，由于阶段不同，作者身份不同，获得的信息也不完全一样，有时甚至是完全对立的。我已经习惯了不同的文字，从全相信，到不再轻信。毕竟红军的故事在我成长过程中，起着一个不可忽视的作用。我们这一代，是在红色的教育下长大成人，最好的励志书，就是红军长征。苦不苦，想想红军二万五。长征总是用一个可以预见的美好未来激励后人。在现实生活中，我们以长征为例，以红军为榜样，看重的不是那个漫长过程，而是强调它苦尽甘来的结果。

作为一个众所周知的故事，长征的意义更多的也是因为结果。现实中的长征十分残酷，回忆中的长征却永远美好。还是在会宁，红色旅游的口号已经十分响亮。在一片荒山野岭之中，长征的壮举被浓缩了，被简单世俗化了，一目了然。这里新开辟了一个红军公园，花费不小的一座座微型景观，很草率地构成了一幅二万五千里的长征画卷。瑞金、遵义、腊子口、娄山关、雪山和草地，一个紧挨着一个，最后是革命圣地延安。当地政府相信，红色旅游会给本地的贫穷带来机会，而在新世纪，放过了这样的好机会将不可原谅。

忘不了少年时代对红军的入迷，一段时间内，我相信自己知道许许多多与长征有关的故事。我曾经是那样的投入，搜集着方方面面的史料，仔细比较鉴别，兴致勃勃地研究着地图，幻想着有朝一日，能像红军那样脚踏实地，把长征路重走一遍。

我终于如愿以偿，获得了这样的机会，可是这次旅行，只增加了不少新的感慨。

2005年10月25日

南龙之脉，长江源头

或许住在长江边的缘故，我的书房正面对着滔滔而来的江水，触景会生情，常冒出一些莫名其妙的想法。七月长江万里晴，日暮江花红胜火，在搬到江边的高楼居住之前，长江更多的只是流淌在书面上，漂移在唐诗宋词之中。“山随平野尽，江入大荒流”，这是诗仙李白的诗。“星垂平野阔，月涌大江流”，这是诗圣杜甫的诗。“叠嶂千重叫恨猿，长江万里洗离魂”，“黄河之水天上来，奔腾到海不复还”，长江和黄河，代表着我们的祖国，在大家刻板的文化记忆中，这两条巨龙，更多的只是图腾和象征意义。

“子在川上曰：‘逝者如斯夫，不舍昼夜。’”“滚滚长江东逝水，浪花淘尽英雄，是非成败转头空。”长江源头究竟在哪，我对它的最初认识，源于北魏郦道元的《水经注·江水》，其中最著名最为大家熟悉的一段，编入了中学课本，绝对是记叙文的经典之作：

> 自三峡七百里中，两岸连山，略无阙处；重岩叠嶂，隐天蔽日，

自非亭午夜分，不见曦月。至于夏水襄陵，沿溯阻绝，或王命急宣，有时朝发白帝，暮到江陵，其间千二百里，虽乘奔御风，不以疾也。春冬之时，则素湍绿潭，回清倒影。绝巘多生柽柏，悬泉瀑布，飞漱其间。清荣峻茂，良多趣味。每至晴初霜旦，林寒涧肃，常有高猿长啸，属引凄异，空谷传响，哀转久绝。故渔者歌曰："巴东三峡巫峡长，猿鸣三声泪沾裳！"

这段精彩的文字，不仅告诉我们应该怎样写景，顺带还交代了一个远古时期的地理知识，这就是长江出自三峡，源于岷江。读万卷书容易，有人这么写了，就会有很多人很当真。如果没有明朝的《徐霞客游记》，中国古代的读书人，关于长江的知识，对于长江源头的想象，大约也就是到此为止。徐霞客通过亲身考察，以无可辩驳的史实材料，把宋儒认定的南龙之脉，也就是长江源头，从岷江推移到了金沙江。

搬到江边居住之前，说老实话，我对南龙之脉的长江源头，兴趣并不是很大。反正是三峡往上走，岷江也好，金沙江也好，在一个长江下游的人眼里，对于一个下江人来说，长江就是从上游那边流过来的。长江的源头应该就在四川，二十多年前，成都的一位著名企业家，安排我们去九寨沟旅游，顺便在阿坝州的若尔盖草原转了转。也就是在那一次，这位豪情满满的企业家，骑在骏马上，用马鞭指着偌大的一片地方，说是要在此建造一个世界上最大的度假酒店，这酒店背靠雪山，紧挨着一道清澈的泉水，掩没在原始森林之中，它的接客大堂富丽堂皇，将像一个足球场那么巨大。

当时我们都小心翼翼地骑在马上，都不太会骑马，都在倾听，都被年轻企业家的雄心大志折服。也还是在那次旅游中，留下一个可笑的错误印象，因为去了"九曲黄河第一弯"，便先入为主地认定，长江和黄河的源头都差不多，都在一起，因此一直误把长江源头，定位在我们曾经骑马走过的那一带。人生中总难免有很多错误，居住在长江岸边之后，每日面对滚滚而来的江水，追根溯源的兴趣开始大增，常常会想起自己骑马走过的地方，想起自认为是长江源头的那个“第一湾”，这印象显然是不正确的，比起《水经注》和《徐霞客游记》，虽然进了一大步，但是，它始终还停留在一个想当然的错误记忆中。

直到有机会参加今年在青海举办的国际诗酒文化大会，才第一次意识到，或者说第一次弄明白，长江的源头并不在四川，而是在更遥远的青海境内。我不是诗人，也不擅饮酒，冒昧参加诗酒大会，真正目的就是想借这个机会，纠正自己的认识错误，去寻访玉树的三江源，见识一下真正的长江源头。还是那句话，一个读书人能读万卷书并不难。古人说读万卷书，行万里路，实际上都是虚指，意思只不过在强调，不但要读书，还有脚踏实地身体力行。

青海省很大，作为一个人口不太多的省份，它的面积竟然有七个江苏省那么大。玉树的面积也很大，它只是个十几万人口的县级市，却比我所在的千万人口的南京，面积大了一倍还不止。出发去青海之前，经过阅读，临时查对资料，我已经清楚地知道，长江的源头在青海，不止是长江，中国的三江之源都在青海的玉树。所谓三江，是长江、黄河、澜沧江。长江黄河不用解释，流经中国太多省份，几乎就成了国家的代言。澜沧江不妨多说几句，它在中国境内叫澜沧江，从青海的玉树发源，流经西藏和云南，出国后被称为湄公河，经过缅甸，穿越老挝、泰国、柬埔寨，最后从越南注入南海，是东南亚最大的国际河流。

长江和黄河自西向东，澜沧江由北向南，三大水系从涓涓细流，到汹涌澎湃地奔向大海，竟然都是从玉树这个地方发源。想一想都壮观，想一想都神往，玉树的三江源地区被誉为“中华水塔”，它是高海拔生物多样性最集中的区域，也是水资源最为丰富的地方。路漫漫其修远兮，开完诗酒大会，我们终于从青海的西宁出发，驱车去玉树，一路高速公路，高德导航显示的时间是十个小时。加上中途休息用餐，早晨七点十五分发车，到玉树的格萨王酒店，已经晚上七点五十分。沿路景色非常优美，风云变幻，一天之内，经历了春夏秋冬，中途要下车，尽管是在夏季，不得不穿一会羽绒袄。翻过了雪山，经过了草原，我们看到了野驴，看到了野牦牛，看到了特别好看的野鸭，看到了蓝天上翱翔的苍鹰和秃鹫。没有看见藏羚羊，司机说现在藏羚羊很多，很容易看见，我们只不过是运气不够好。

驱车去玉树是件很艰苦的事，不要说司机开车辛苦，就是我们坐车的，也很难忍受。偏偏我属于敏感体质，很容易自己吓唬自己，高原反应尤其强烈。开弓没有回头箭，既然上了路，既然是在半道上，人再难受，也只能义无反顾地往前走。好在接待方热情慎重，车上应有尽有，配备了小氧气罐，还有灌了医用氧气的枕头，有了这些玩意，谈不上彻底解决问题，起码心理上能有安慰。高原反应是头疼欲裂，最难受时天旋地转，喘不过气来，而对付这种痛苦的唯一办法，只有一个字，忍。玉树的海拔比拉萨都高，平均海拔为 4493.4 米，从低海拔地区过去的游客，百分之九十多的人，都会有高原反应。

然而还是很值得去，真的很值得。到玉树，到三江的源头，云也开了，雾也散了，阳光特别的灿烂。说老实话，我最初知道玉树这两个字，并不是因为什么长江源头，是发生在 2010 年的里氏 7.1 级大地震，它的级别仅次于汶川地震。玉树地震属于强烈的浅源性地震，有两千多人遇难，在人口稀少地区，灾难造成的损害如此巨大，委实令人心痛。2010 年 4 月 21 日，全国各地和驻外使领馆下半旗致哀，停止公共娱乐活动。从此以后，游客到了玉树，必定会先去公路边的“玉树地震遗址纪念馆”凭吊，我们也没有例外，看了倒塌在那里的废墟，很心酸，很难过。

玉树是藏文的音译，意为“遗址”，地处青藏高原东部。我们下榻的地方叫结古镇，州府市府所在地，玉树的经济文化中心。它是唐蕃古道上的重镇，与四川和西藏民间贸易的集散中心，小说《西游记》中的许多故事就发生在这里。到了玉树，通天河的晒经台必须要去打卡，通天河全长800公里，穿行于唐古拉山脉和昆仑山脉的宽谷之中，是金沙江的上游。据说唐僧去西天取经，波涛汹涌的河水挡住去路，千年老龟驮渡唐僧师徒，托唐僧向如来佛祖询问还剩多少寿数。到了西天佛国，专心取经的唐僧忘了老龟所托。取经归来，老龟再次驮渡，到河心问起所托之事，唐僧无言以答。老龟一怒之下，将唐僧师徒抛入河中，经卷全被泡湿，不得不在岸边石头上晾晒经文，结果把《佛本行经》的一部分沾破了，于是浩如烟海的佛经中，只有《佛本行经》至今残缺不全。

玉树有太多的寺庙可看，有文成公主庙。去文成公主庙，可以顺道看看禅古寺。当然，位于城区的结古寺更应该去，结古寺位置非常高，高高在上，可以鸟瞰玉树全城。蓝天白云是玉树的标配，个人建议和感受，玉树最值得去瞻仰的景点，还是嘉纳嘛呢石经城。我已经没办法用文字来描述自己的震撼。大约200多年前，此地发现了第一块自然显现的六字真经嘛呢石，也就是刻有经文的石块，从此人们开始有意识地一块又一块累积叠加，僧俗民众一起刻凿堆放的嘛呢石数量，达到了几十亿块。大家不妨想一想，心里算一算，几十亿块刻有经文的嘛呢石堆在一起，会是怎么样的一个壮观景象。据统计，现存的嘛呢石堆东西长275米，南北宽80米，高4米，占地面积是2万余平方米，体积近9万立方米。在嘛呢堆周围，有2座佛堂，有14座佛塔，有10个超大的转经筒，还有480个小转经筒，朝拜的藏民络绎不绝。

或许高原反应的缘故，真正到了玉树，很少再去思考长江之源这个问题。水流千里归大海，我似乎忘了此行的目的，在玉树，具体的长江源头究竟在哪，已经变得不重要。很显然，这里见到的每一处流水，都有可能流到我的家乡，都可能从我所居住的高楼下淌过。只是在游览通天河时，导游说着千年乌龟驮唐僧过河的故事，看着眼前的河水翻滚而下，我突然又想到了长江之源头，想到徐霞客所说的“惟南龙磅礴于半宇内”。南龙者，长江也，眼前这条通天河，它究竟是南龙的龙头，还是南龙的龙尾。如果是高昂的龙头，意味着长江这条巨龙，在玉树腾云驾雾，直冲霄汉。如果它是龙尾，那么那低垂的龙头，已在遥远的东方，一头扎进了茫茫的大海。

追根穷源，无论是长江之源，还是南龙之脉，毫无疑问，都和青海的玉树分割不开。水往低处流，有一天我们也许会发现，真正的长江源头，今天已有了定论的那个源头，还可以再往上追溯，追溯到世界的最高峰珠穆朗玛峰上的积雪。但是，珠穆朗玛峰上的积雪，又是来自何处，答案是来自天上，天上的水来自哪里，答案是来自大海的蒸发。原因和结果就这么纠缠在一起，始和终其实一回事，开始为了结束，结束了又会重新开始。白天的尽头是黑夜，黑夜的尽头是白天。日月交替，生死轮回，生意味着死，死又代表了生，春夏秋冬无限循环。如果是这样，假如是这样，或者说因为是这样，那么远离玉树的大海，既是奔腾不息的长江终点，又同时是长江源源不断的真正起点。

2022 年 7 月 4 日　三汊河

乡关何处

少年时代背过些唐诗，大都有口无心，背了也就背了。不求甚解，反正那时候“文化大革命”，读唐诗是吃饱了撑着，没事找活儿解闷。其中有一句念念不忘，“日暮乡关何处是，烟波江上使人愁”。背得滚瓜烂熟，隐隐地有那么点愁意，始终想不太明白“乡关”是个什么东西。

柳永的一首词中，有“万水千山迷远近，想乡关何处”，这个乡关，自然还是明目张胆从唐诗那里抄来，而唐诗中的乡关，又是更古代文人笔下的爱物。打起笔墨官司，这就是版权纠纷。唐诗宋词中有很多抄袭，好在古人不在乎这个，当然，也没办法在乎。

学问学问，最害怕别人问。有一天，突然有人问我，什么叫乡关，冷不丁把人给问傻了。答案就在嘴边，不敢轻易说出来。提问的穷追不舍，成心要看人笑话，我于是脱口而出，大大咧咧地说“乡关者，故乡也。”这是典型的望文生义，无知就胆大，胆大就可以乱说。没想到提问的这位反倒不吭声了，我心里不踏实，回家偷偷查字典，见了鬼，厚厚的书上也是这么说的。

辛亥革命前，少年毛泽东离开了家乡，出外闯荡。这是他人生历程的第一个重要转折，临行前，改写了一首诗，夹在父亲每天必看的账簿里。诗是这么改写的：“孩儿立志出乡关，学不成名誓不还。埋骨何须桑梓地，人生无处不青山。”我不知道少年毛泽东是否知道乡关的本义，反正为了合辙押韵，只能是出“乡关”，而不是离“故乡”。

我们现在见到的这个乡，是个简化字，字一被简化，就不太会去想它的本字。繁体字的“鄉”，还多少能看出一些古趣。根据甲骨文的造型，是两个人相向对坐，共食一簋。乡的本义是用酒食款待别人，在中国文化中，吃向来是个重要内容。民以食为天，离家万里，出门在外是吃，荣归故土，衣锦还乡大快朵颐，还是吃。为客黄金尽，还家白发新，就算是混得不好，穷困潦倒囊中羞涩，无颜见家乡父老，回到老宅里还得喝酒吃肉。

乡愁是个奢侈品，是文化人没出息的表现。唐诗宋词中，有一大堆乡愁。大丈夫马革裹尸还，真英雄豪情万丈。好男儿立志出乡关，不混出点名堂，绝不惨兮兮把家还。毛主席是真牛，“别梦依稀咒逝川，故园三十二年前”，诗虽然不缺乏文人情调，满眼乡愁，可是他老人家一离韶山，愣是三十多年不照面。这一点，一般俗人绝对做不到。大人物中，邓小平更厉害，据电视专题片介绍，他离开故乡，像诗仙李白那样沿长江而下，漂洋过海，去了法兰西，然后回国南走北闯东征西伐，最后做到了西南的封疆大吏，再最后是党和国家的最高领导人，仍然是没有回过生养他的故乡。

一生中最大遗憾，是没离开故乡。没离开，就谈不上归来，就谈不上乡愁。无家可归，不亦哀哉。没有乡愁，不亦憾哉。读唐诗宋词，读元人的小曲，读到关于乡愁的好句子，总有些淡淡悲凉。于右任《望大陆》中写道：“葬我于高山之上兮，望我故乡；故乡不可见兮，永不能忘。”这诗句深深打动了当时的温家宝总理，为什么，因为写得好。为什么写得好，因为于老夫子离开了故乡大陆，一肚子乡愁。

“等是有家归未得，杜鹃休向耳边啼。”难怪古人会说，欢愉之词难工，而愁苦之音易好也。月有阴晴圆缺，人有悲欢离合，乡愁的大前提，必须是背井离乡。余光中把乡愁比喻成一张邮票，比喻成一张船票，要是不狠狠心肠走出去，老死在自己的狗窝，撑死了也只能是玩玩集邮或收藏一叠老船票。

一位来自乡村的朋友，说起自己老父亲无限感慨，老人家一把年纪，竟然为了变成城里人，兴奋得像个三岁小孩子。他没有文化人的远虑，对自己赖以为生的土地被开发商拿走了，毫无丧权失地之痛，对未来可能有的严重后果全然不顾。一位德国诗人说过，哲学就是怀着永恒的乡愁寻找家园。老人家不是哲学家，他完全被眼前的利益给蒙蔽了，儿子的童年梦想，是成为一城里人，现在连老迈的父亲也是。

“昔我往矣，杨柳依依，今我来思，雨雪霏霏。”悲歌可以当哭，远望可以当归。城市化节奏越来越快，是好事，当然也不完全是好事。城市化使得更多的人背井离乡，使得充满诗意的乡愁，成了铸铁一般的事实。浩浩荡荡走出去，已成为历史发展的大趋势，客观地说，这不是件让人急得要跺脚的坏事。

都说人挪活，树挪死，在眼下这个大时代里，好大的一棵树，从遥远的他乡搬移到大都市里来，都不一定是个死，更不用说战无不胜的人类。不妨想想，人的能耐有多大，不妨再想想，这世界各个角落，又有哪一处没有黑头发黄皮肤的中国人。

“孤客一身千里外，未知归日是何年。”不管怎么说，真能走到千里之外去，肯定还是个好兆头。在家则为虫，离家则为龙，湖南人毛泽东必须出湘，四川人邓小平一定要出川。伟人自有伟人的道理，为什么人和人会不一样，毛泽东能成为毛泽东，邓小平能成为邓小平，前提都是因为，他们当年勇敢地走了出去，不走出去，他们什么都不是。

说来说去，还是不太清楚伟人们的乡愁，会是什么模样。伟人不是普通的平常人，可毕竟也是人。“逢人渐觉乡音异，却恨莺声似故山”，对大多数人而言，乡愁总是难免，思乡也是注定，回不回故乡都一样。人生之悲，莫过于无家可离，离不了家。其次才是无家可归，归不了家。也许，先潇洒地走遍天下，再带着些乡愁过年回家，这才是最普遍最令大家向往的人之常情。

2007 年 1 月 14 日